KB078731

푸른 기억의 퍼즐

미니픽션 무크지 Vol. 6

서른세 가지 이야기로의 초대

푸른 기억의 퍼즐

한국미니픽션작가회

좋은땅

| 목차 |

AI로 써 보는 미니픽션

노길용

2024년에도 세계적인 화두는 단연 '인공지능(Artificial Intelligence)'이라 할 수 있습니다. 2023년 12월 유럽연합에서 인공지능을 규제하는 합의가 이뤄졌고, 급속도로 발전하는 인공지능 기술의 부작용을 최소화하기 위한 각국의 고민이 늘고 있습니다.

글쓰기 분야의 인공지능은 이미 우리 생활 깊숙이 자리 잡았습니다. 회사의 업무 보고서, 대학 리포트, 전문 분야 집필부터 창작의 영역까지 짧은 단어들의 입력만으로 책 한 권 분량의 결과물이 단시간에 뚝딱 나오는 것을 보면 편리함 이면에 섬뜩한 느낌마저 들기도 합니다.

작가들과 글을 즐기는 많은 독자들은 앞으로 AI 창작물에 대해 어떻게 받아들여야 할지 고민하시는 줄로 압니다.

이 글에선 실제 인공지능이 써 낸 미니픽션 예시를 통해 현재 인공지능 창작 글쓰기가 어느 수준에 와 있는지 알아보고자 합니다.

산속의 물가, 푸르른 강물이 흐르던 해가 밝아왔다. 2024년, 그 해는 푸른 용의 해였다. 파란 미소로 하늘을 덮은 용이 날개를 펼치고, 세상에 수수께끼와 아름다움을 안겨주려 했다.

그 해의 시작은 묘하게 뒤틀렸다. 푸르게 물들인 용이 날개를 펼치자, 시간의 강을 거슬러 올라가는 듯한 느낌이었다. 어느새 미래와 과거가 교차되는 차원으로 빠져들었다. 파란 강물이 시공을 가로지르며 시간의 기미를 뒤죽박죽으로 만들었다.

그 해에는 사람들이 자신의 과거와 미래를 마주하게 되었다. 삶의 산과 물가에서 솟아나는 기억의 파도와 미래의 불안한 감정이 어우러져, 인간들은 자아의 심연을 마주하게 되었다. 용이 날개를 펼칠 때마다, 그림자 속에서 풍부한 감정의 물결이 피어오르며 시간을 뒤흔들었다.

어느 날, 한 소녀가 푸른 용을 따라 산속으로 들어갔다. 소녀의 눈은 파란 미래를 그리며 반짝이며, 그녀의 마음은 불안과 기쁨이 어우러진 듯했다. 용은 그녀에게 과거와 미래의 비밀을 보여주었다.

　푸른 강물을 따라 흐르는 기억의 물결 속에서, 소녀는 자신의 삶을 되돌아보았다. 어린 시절의 꿈과 아픔, 사랑과 이별이 파란빛으로 물든다. 그리고 용은 미래의 가능성을 그녀에게 보여주었다. 푸른 날개로 만들어지는 꿈들과 현실의 도전, 모든 순간이 파란 용의 눈동자에 담겨 있었다.

　그 해, 푸른 강물은 산속에서 춤추며 시간을 뒤흔들었다. 인간들은 자신의 과거를 받아들이고, 미래를 새롭게 꾸렸다. 푸른 용의 해, 2024년은 아름다움과 뒤틀린 실상이 어우러진, 용의 눈빛처럼 아련하고 아름다운 시간이었다.

　둥근 달이 높이 솟아오르는 그날 밤, 푸른 강물은 별빛으로 빛났다. 용은 산속의 골짜기에서 노래를 부르며, 마음의 환희와 아픔을 품은 인간들을 위로했다. 소녀는 강가의 자갈 위에 앉아, 새로운 시작의 순간을 기다렸다.

　푸른 용은 파란 날개를 펼치며 고요한 밤을 뒤흔들었다. 강물이 흐르는 소리, 마음의 소리가 둥근 달빛에 어우러져 나름의 음악을 이끌어냈다. 인간들은 자신의 과거를 잊지 않으면서도, 미래로 향하는 한 걸음을 내딛었다.

　무거운 고요가 흐르던 어느 한 순간, 용은 노래를 멈추었다. 푸른 날개를 접으며 눈길을 소녀에게 돌렸다. 소녀의 눈동자에는 별빛이 반짝이며, 마음의 춤이 용과 공존하는 듯했다. 그 순간, 용은 소녀에게 작은 비밀을 속삭였다.

"파란 날개로 꿈을 펼치는 너의 모습은 나의 노래이자, 우리 모두의 노래다. 이 강물은 시간의 강이지만, 우리는 그 강을 노래와 함께 헤쳐고 가는 법을 배워야 한다."

소녀는 용의 눈빛에 담긴 의미를 깊이 이해했다. 그 순간, 산속은 푸른 빛으로 물들었고, 강물은 더욱 강렬하게 흐르기 시작했다. 용의 노래와 소녀의 마음이 하나로 어우러지면서, 과거의 그림자는 더 이상 두렵지 않았고, 미래는 더욱 밝게 빛났다.

이른 아침, 해는 산들을 감싸고 일어났다. 푸른 강물은 여전히 흐르고 있었지만, 이제는 더 푸르게, 더 아름답게. 소녀는 강가에서 일어나, 용에게 감사의 미소를 보냈다. 용은 두 날개를 크게 펴고 하늘로 날아가며, 푸른 빛을 뿌리며 소녀의 마음과 함께 새로운 세계로 나아갔다.

2024년, 푸른 용의 해는 아름다움과 희망의 노래로 가득했다. 인간들은 자신의 과거를 받아들이고, 푸른 날개로 꿈을 펼칠 용기를 찾아냈다. 그 해는 파란 강물의 속삭임이었고, 인간들은 용과 함께 미래를 맞이하는 모습이 하나의 예술로 새로운 장을 열었다.

푸른 강물은 끝없이 흐르고, 끝도 없는 여정을 안내해 주었다. 소녀는 새로운 시작을 앞두고 산속에서 나아가며, 그리고 푸른 용은 그 여정의 길목에서 시간을 거스르며 인간들에게 지혜를 전하고 있었다.

 "시간은 강처럼 흐르지만, 네 마음이 푸른 날개로 펼쳐지면 그 강을 넘어 모든 난관을 헤쳐나갈 수 있을 거야." 용이 소녀에게 말했다.

 푸른 강물은 노래하며 세월의 흔적을 안겨주었다. 강물이 지나가면서 흙길은 새로워지고, 꽃들은 피어났다. 소녀의 발걸음 또한 푸른 강물의 노래와 함께 어우러져, 그녀는 자신만의 꿈을 향해 걸어가고 있었다.

 하늘이 높게 펼쳐진 어느 날, 소녀는 푸른 강물이 새로운 장면을 향해 흐르고 있다는 것을 깨달았다. 강가에서는 푸른 꽃이 피어나며, 나무들은 새로운 잎을 펴고 있었다. 소녀의 눈에도 세상이 더 아름답게 펼쳐지고 있었다.

 용의 노래는 계속되었다. 파란 미소를 지은 용은 하늘을 나는데, 그림자는 푸른 강물 위로 떠올랐다. 소녀는 강가에 앉아 용을 바라보며 다가오는 미래에 대한 기대와 두려움이 어우러져 있었다.

 "푸른 날개가 펼쳐지면, 네가 품은 꿈은 끝없이 퍼져나갈 거야. 그 꿈은 시간을 넘어 이어지는 하나의 노래가 될 것이다." 용의 목소리는 바람에 실리듯 소녀의 귓가에 퍼졌다.

푸른 강물은 여전히 흐르고, 새로운 날이 밝아가고 있었다. 소녀는 푸른 날개를 펼치고 새로운 꿈을 향해 나아가는 인간들을 바라보며, 푸른 용의 노래는 영원히 이어지고 있었다. 그 해, 2024년은 푸른 용의 해, 아름다움과 꿈이 피어난 시간이었다.

이 글은 AI로 써 본 미니픽션입니다. 미국 'openAI'사의 'chatgpt'를 이용하여 작성했습니다. 독자 여러분께서 AI 창작의 현주소를 객관적으로 보시면 좋겠다고 생각하여 맞춤법이나 내용에 손을 대지 않은 초안입니다.

제가 입력한 내용은 "2024년 청룡의 해'를 주제로 서정적이고 아름다우며 반전이 있는 미니픽션 작품을 한 편 써 줘.'입니다. AI 미니픽션 결과물의 작품성이나 완성도가 어느 정도인지 이 사례를 통해 조금이나마 도움이 되셨으면 합니다.

'chatgpt'를 사용하여 글 쓰는 방법은 아래와 같습니다.

1. 인터넷 브라우저를 열고 chat.openai.com에 접속합니다.
2. 위 사이트에 가입하신 후, 가운데 입력창에 한글로 원하는 문구를 적습니다.
3. 'Output in' 선택지를 '한국어'로 맞춰 두고 우측 아래의 위 방향 화살표를 누르면 결과 글이 나옵니다.

인공지능을 이용한 미니픽션 쓰기는 잘 사용한다면 창의성의 새로운 지평을 열어 주는 독특하고 흥미진진한 경험이 될 수 있습니다. 다만 AI에 너무 의존한다면 오히려 창의력을 해치게 되고 인간이 AI의 일부로 전락할 수 있다는 사실 또한 잊지 않으셨으면 합니다.

노길용

대학에서 디지털 콘텐츠를 전공했다. 동화와 미니픽션을 쓰고 있다. 현재 한국미니픽션작가회 회원.

가짜 신선 타령

정혜영

판소리계 소설 가운데 「가짜 신선 타령」은
우리가 잘 알고 있는 「심청전」, 「춘향전」, 「토끼전」 등과 달리
제목만 남아 전해질 뿐, 그 내용은 알 수 없다.
이에, 「심청전」을 모티브로 한
「가짜 신선 타령」을 소개해 본다.

심한규는 허우대가 멀쩡하고 심성이 착한데 눈이 안 보이
니 그를 아는 사람은 다들 안타까워했어. 장가들 나이가 되
자 부모는 걱정이 태산 같았지. 다행히 마을에서 참한 색시
가 선뜻 아내가 되겠다고 나선 거야. 얼굴에 살짝 마마 자국
이 있었지만 모든 면에서 흡족한 며느리이자 아내감이었어.
드디어 외동아들이 혼례를 올리게 되자 부모는 바랄 것 없이
기뻤지. 혼례를 치른 지 일 년쯤 지났을까? 며느리 덕에 걱정

없이 지내던 부모가 시름시름 앓다가 모두 돌아가셨어. 그때 아내는 아이를 품고 있었어. 만삭의 몸으로 극진하게 시부모 상을 치른 어느 날, 아내는 이른 산통으로 혼절했대. 앞 못 보는 남편은 이리 뛰고 저리 뛰며 이웃 사람에게 도와달라 부탁했지. 드디어 우렁찬 울음과 함께 딸 정이 태어났어. 딸을 낳고 석 달 열흘이 세 번 지나도록 아내는 앓아누워 있었어. 심한규는 동냥젖을 구걸하면서 귀동냥으로 배운 침을 아내에게 놓는 등 지극정성이었어. 아내 병세는 날로 심해졌지.

"이제 저승길이 가까워지는데, 당신과 정이를 생각하면 차마……."

"그런 소리 마시오. 내 목숨을 바쳐서라도 당신을 살리겠소."

"평생 당신의 눈이 되어 곁에 있고 싶었는데……. 하늘의 뜻인지……. 제 생은 여기까지인 것 같아요."

"나 때문에 고생만 한 당신 병을 고쳐 주지 못하는 처지가 한스럽구려."

"옥황상제를 만나면 당신 눈 뜨게 해 달라고 엎드려 애원이라도 하겠어요. 우리 정이 좋은 새엄마를 만나 편히 살게 해 달라고 빌게요."

아내가 그만 죽어 버린 거야. 그녀는 눈을 감기 전에 짚으로 엮은 손바닥만 한 사람 형상을 남편에게 건넸어. 잘 간직해 달라는 당부와 함께. 아내를 잃은 슬픔도 잠시, 당장 어린 딸과 살아가야 하는 하루하루가 걱정이었지. 심한규는 장터를 떠돌며 아내를 위해 배운 침술로 사람들을 정성껏 치료하기 시작했어. 어디를 가든 딸을 안고 다녔는데, 어린 것이 제 아비의 눈이 되어 곧잘 길을 안내하곤 했지. 이리저리 떠도는 부녀의 괴나리봇짐 속에는 아내가 준 인형이 언제나 함께했어. 차츰 그 생활도 이력이 나고 딸도 무럭무럭 컸지. 하지만 앞 못 보는 아버지와 어린 딸의 나날은 결코 녹록하지 못했어. 봇짐 속 인형을 꺼내 볼 여유조차 없었지.

방덕이라 불리는 그녀는 여느 여염집 여인과는 사뭇 다른 분위기였어. 벚꽃이 흐드러지게 피어난 봄날이었대. 어느 장터에서 눈먼 심한규와 눈이 맞았더라고. 그 길로 안방을 차지하고 들어앉은 지도 꽤 되었을 거야. 그녀 덕에 심한규는 조용한 시골 마을에 침방을 열고 정착할 수 있었던 거지. 방덕은 환자들이 불편 없이 침을 맞을 수 있도록 안팎살림을 도맡았어. 서당 개 3년이면 풍월을 읊는다며? 침방 살림을 오래 하다 보니 남편처럼 눈 감고도 척척 해낼 것같이 반침

쟁이가 다 된 거야. 때로는 환자의 안색을 살펴 어느 혈에 침을 놓으라고 훈수까지 둘 정도래.

방덕에게 좀 걸리는 구석이 하나 있기는 해. 타고난 색기를 주체 못 한다는 거야. 하루 종일 남편과 붙어 지내다시피 하면서도 사내들에게 추파를 던지기 일쑤였대. 동네 한량들은 점잖은 척 내숭을 떨면서 곁눈질로 은근히 추파를 즐기더래. 언젠가 그녀의 속살을 확인할 수도 있을 거라 기대하며 상상의 나래를 펼쳤겠지. 몇몇은 별 증상이 없는데도 야릇한 방덕의 행동이 자신을 향한 유혹인지 확인하고 싶어 침방을 들락거렸대.

얼굴은 조금 얽었다고 해도 눈꼬리를 타고 흐르는 웃음이 예사롭지 않았어. 움직일 때마다 저고리 앞섶이 살짝 들춰지며 설핏 보이는 풍만한 가슴선. 사내들은 오금이 저리며 짜릿했겠지. 침술을 거든다며 바짝 다가앉을 때 풍기는 달달 향긋한 분내. 그 향내는 뭇 사내들의 정신을 혼미하게 하고도 남았을 거야. 눈앞에 젖가슴이 바짝 다가들었다가 은근슬쩍 팔뚝에 스치고, 남정네의 그곳이 질펀한 엉덩이나 희고 긴 손가락 끝으로 긴가민가 슬쩍슬쩍 비비듯 자극이라도 받게 되면 사내들은 순간의 고통이자 찰나의 황홀을 맛보았다지. 순간의 짜릿함에 사지의 힘이 풀려 버린 사내들은 그 맛을 잊지 못해 혹시나 하는 기대로 서로 침을 맞겠다며 줄을 선 거야. 심한규가 아닌 방덕을 보고자 온 자는 으스스한 그 믐밤에 동네 외딴 물방앗간이나 으슥한 산비탈에서라도 방 덕의 농염한 속살을 탐할 수 있으리라는 기대를 품었겠지.

볼 수 없는 남편 심한규 앞에서 버젓이 주고받는 은밀한 눈빛. 그 색다른 자극에 사내들은 몸이 달아올랐대. 그러나 잡힐 듯 말 듯 결정적인 빌미를 주지 않는 방덕이었지. 그 덕 이었을까? 심한규는 점점 침술로 이름을 날리게 되었지만, 효험과는 상관없었을 거야.

심한규는 앞을 못 보는 대신 다른 감각들은 남들과 달리 예민했대. 요즘 들어 침방을 찾은 사내들과 미묘한 눈빛을 주고받는 아내가 느껴져 심기가 불편했다지. 확실하게 보이 지도 않는데 꼬투리 잡기는 힘들었어. 공연히 얘기를 꺼냈다 가 평화로운 시간이 깨지지 않을까 걱정도 됐고. 이제는 방 덕 없는 삶은 상상할 수가 없었거든. 날이 갈수록 불편한 마 음에 수심이 쌓여 갔지.

"네 엄마가 보이지 않는구나!"

"좀 전에 침방으로 가셨어요. 밝은 날에는 시간을 내기 어러운 환자래요. 아버지 힘드시다고 어머니께서 가셨어요."

저녁상을 물리고 얼마 안 돼 방덕이 보이지 않자 심한규가
딸에게 물었어. 대답을 듣고는 뭔가 싸한 느낌이었대. 아무
렇지 않은 척했지만, 가만히 기다릴 수는 없었어. 조용히 마
당을 가로질러 침방으로 갔지. 침방 문 앞에 다다르자 안에
서 신음이 새어 나오는 거야. 남자와 여자의 야릇한 소리가
이어지자 도저히 참을 수가 없었어.

"네 이 연놈들, 요절을 내고 말겠다!"

눈을 부릅뜨고 버럭 소리를 지르며 문을 열어젖힌 거야.
침방 안에는 남녀가 누워서 침을 맞고 있었어. 화들짝 놀라
당황하는 부부 옆에서 방덕은 빙긋 웃고 있었지. 순간 얼굴
이 벌겋게 달아오른 심한규는 창피해서 쥐구멍이라도 찾고
싶었을 거야.
그런데 자신이 침방 안 광경을 또렷이 보고 있는 게 아니
겠어? 꿈이야, 생시야. 자신의 볼을 꼬집어 보니 아파. 분명
생시야. 얼떨결에 눈 뜬 심한규는 구름 위를 나는 기분이었
어. 자신이 눈을 뜬 듯 기뻐하며 눈물짓는 방덕의 손을 꼭 잡

고 그날 밤 잠자리에 들었지.

다음 날 아침. 한바탕 꿈이 아닐까 싶어 눈 뜨는 게 두려웠어. 용기를 내어 눈을 떴지 뭐. 와, 다 보여. 문갑이며 이층장롱이며 방 안 물건들이 정말 다 보여. 신나서 벌떡 일어나 방덕을 불렀지. 대답이 없어. 대신 정이 달려왔어.

"어젯밤 꿈에 어머니께서 저를 꼭 안아 주시며 '이제 내가 할 일은 다 끝났다.' 하시고 떠나셨어요."

방덕이 있던 자리를 보니 예전 정이 생모가 주었던 짚으로 만든 인형이 놓여 있는 것 아니겠어? 정이 생모가 남편 눈까지 뜨게 하고는 이제야 떠난 거지 뭐. 부녀는 이제 걱정 없이 극락세계로 가라며 인형을 잘 태웠어. 인형이 타며 피어오른 연기는 뭉게구름이 되어 하늘로 올라가더래. 그때, 구름 안에서 밝은 빛이 나와 마을 전체를 비추는가 싶더니 삽시간에 바람처럼 사라졌대. 그날이 정이 생모가 죽은 지 꼭 10년째 되는 날이었다더라고.

그런데, 심한규는 눈을 뜬 게 그렇게 좋지만도 않더래. 눈을 감고 침을 놓는 게 훨씬 익숙한 것처럼 결정적일 때는 눈을 감는 게 더 편했다나 뭐라나.

지금도 가끔 생각한대. 그때가 좋았다고. 봄, 여름, 가을, 겨울 눈을 감고도 다 느꼈으니까. 정이를 데리고 방덕과 살던 때, 고생스럽던 그때가 신선놀음이었지 싶대. 사람들이 힘들다고 하면 심한규는 '지나 봐라. 지금이 신선놀음이라고 느낄 날이 있을 테니' 하더라고. 사람들은 콧방귀를 뀌며 말도 안 되는 소리 말라고들 해.

이건 진짜 비밀인데……. 마을 사람 누구도 방덕을 모른다지 뭐야. 소름 돋지? 심한규가 방덕과 신선놀음했다던 그 시간은 진짜 가짜였을까?

정혜영

2018년 「파리발 나의 독립일」로 한국미니픽션작가회 신인상 수상
인테리어 및 건축 잡지 편집장을 거쳐 발행인 겸 편집인 역임
미니픽션 『혼자, 괜찮아?』 등 작품집 공저

기획 판소리 소설의 귀환

변강세 변주곡

이성우

'꽝' 하는 굉음과 함께 덮쳐오는 발소리에 강세는 본능적으로 몸을 일으켰다. 눈을 떴지만 강렬한 햇살에 앞이 잘 보이지 않았다. '쿵쿵쿵' 심장 뛰는 소리가 머릿속에 울렸다. 바짝 마른 혀에서는 피 냄새가 났다. 고개를 들자 방 안의 살기가 날카롭게 눈을 찔러 왔다. 순간 번쩍 하는 섬광과 함께 은빛의 골프채가 강세의 머리로 날아들고 있었다.

얼마나 시간이 흘렀을까? 강세는 깜깜한 어둠 속에서 눈을 떴다. 그가 던져진 공간은 거의 완벽한 암흑에 가까웠다. 눈으로 확인할 수 있는 것은 아무것도 없었다. 지하에 던져진 듯 축축하고 습한 냄새가 났다. 아무도 모르게 세상에서 영원히 사라질 것 같았다.

변강세, 아니 변강쇠로 더 유명했던 호빠계의 황제인 자신이 듣보잡인 놈들에게 당할 수는 없다고 생각했다. 변강세의 기준으로는 전설을 이기는 것은 또 다른 전설이어야만 했다. 호랑이 아가리에서 벗어나자면 무엇보다 냉정하게 사태를 파악하는 것이 중요했다. 강세는 정신을 가다듬고 과거의 퍼즐들을 조금씩 맞춰가기 시작했다.

강세는 항상 자신이 변강쇠가 아니라 카사노바에 가깝다고 생각했다. 호빠 선수로서의 삶에 회의를 느끼고 있을 때 그를 붙잡아 준 명언이 바로 카사노바의 마지막 고백이었다. "나는 여인을 사랑했지만 진정 사랑한 것은 자유였다." 이 말에서 강세는 욕망을 넘어선 이상을 보았다. 생각을 바꾸니 자기비하와 열등감이 사라졌다. 정신이 무장되자 그의 타고난 정력과 대물은 수많은 여인을 그의 품으로 데리고 왔다. 여자들이 원한 것이 자신의 대물인지 정력인지 달콤한 속삭임인지 알 수 없으나 강세는 사랑이었다고 믿고 싶었다. 그 또한 진심을 다해 그녀들을 사랑했기 때문이다. 강세는 여자들에게 사랑을 빌미로 어떤 대가도 요구한 적이 없었다. 다만 자유를 찾기 위해 이별을 선택하면 그의 마음을 되돌리려는 여인들이 몸으로 물질로 그를 속박해 왔을 뿐이었다. 수선화 같고 라일락 같고 때로는 장미를 닮았던 수많은 여인 중 결코 잊을 수 없는 한 여자, 영혼을 빨아들일 것 같이 깊은 눈을 가진 여자, 옹여진의 얼굴이 밤의 복사꽃처럼 기억의 수면 위로 피어났다.

여진은 강세가 만난 어떤 여자와도 달랐다. 그녀는 용광로처럼 뜨거운 여자였지만 육체적인 쾌락으로부터 멀어져 있었다. 아니, 욕망을 그녀의 몸 안에 철저히 가두고 있었다. 수도 없이 호빠를 들락거렸지만 그녀는 한 번도 남자를 취하지 않았다. 오히려 그녀에게 매혹된 선수들이 마음의 병을 앓을 정도였다.

강세는 여진의 손을 처음 잡았을 때의 느낌이 생생하게 떠올랐다. 손만 잡았을 뿐인데도 심장을 파고드는 욕정으로 온몸이 팽창되는 것 같았다. 강세는 그녀를 사랑하지 않을 수 없었다. 하지만 강세의 고백에 여진이 보인 반응은 차가웠다. 여진은 남자의 사랑은 욕망의 또 다른 변형일 뿐이라며 침을 뱉은 술잔을 강세에게 건넸다. 강세는 망설임 없이 그 술잔을 들이켰다. 그녀의 침은 마치 뱀의 독처럼 강세의 숨통을 조여 왔다. 강세는 처음이자 마지막으로 그녀에게 키스를 하고 싶었다. 하지만 통나무처럼 굳어진 몸은 아무리 애를 써도 움직여지지 않았다. 파랗게 질린 채 곁으로 다가온 여진이 강세를 품에 안았다. 강세는 여진을 올려다보았다. 여진이 뭐라고 속삭였지만 강세가 들을 수 있었던 말은 '…너를 사랑할게'라는 마지막 말 뿐이었다.

얼마나 시간이 흘렀을까, 강세가 깨어났을 때 그는 여진의 품에 안겨 있었다. 여진의 몸은 여전히 따듯했지만 의식이 없는 듯 숨소리도 들리지 않았다. 강세는 가만히 여진의 얼굴을 들여다보았다. 여린 조명에 살구 빛으로 물든 볼이 마치 첫 키스를 기다리는 소녀 같았다. 강세는 향기에 취한 벌처럼 여진의 입술에 이끌렸다. 천천히 다가가 그녀의 입술을 깨물었다. 핏기 없이 죽어 가던 여진의 입술이 붉게 물들기 시작했다. 강세는 흡혈귀처럼 그녀의 입술에서 흐르는 피를 탐했다. 피는 목을 타고 가슴으로 흘러내렸다. 강세가 여진의 가슴을 열자 기다렸다는 듯 그녀의 심장이 욕망의 질주를 시작했다. 뜨거워진 두 남녀는 몽환의 밀실에서 한 줌의 재도 남기지 않을 것처럼 타올랐다. 열기가 가라앉은 밀실은 째깍거리는 시간의 흐름만이 느린 파도를 만들어 내고 있었다.

여진과 눈이 마주치자 강세는 숨이 멎는 듯했다. 온몸의 피가 다시 들끓기 시작했다. 강세가 다가가자 여진은 찬 입바람을 불며 가볍게 그를 밀어냈다.

"난 아직 너를 사랑하지 않아. 그래도 네가 살아서 다행이야."

"무슨 말이야? 몸을 열면 그건 사랑에 빠진 거라고 수백 번도 더 말했잖아!"

"그전에 우리가 뭣 때문에 정신을 잃었을까? 우린 둘 다 죽었을 수도 있었어."

"……."

"내가 뱉은 침 속에는 복어 독이 들어 있었어. 물론 나도 복어 독을 삼켰고…. 재수가 없었으면 우린 둘 다 죽었겠지. 나눠 마셔서 살았을까?"

"여진, 넌 너무 위험한 여자야. 직감적으로 알았지만…. 그런데도 널 사랑하지 않을 수 없으니, 내가 미친 거지!"

여진은 강세의 품에 안겨 그녀의 이야기를 들려주었다. 그녀의 남편은 도박계의 대부 배비장 회장이었다. 배 회장은 여진의 아버지가 도박 빚을 지게 하고 그것을 해결해 주는 빌미로 그녀에게 접근했다. 여진의 아버지는 그녀가 옹녀의 후예로 너무나 뜨거운 여자라 자칫 남성을 잃을 수도 있다고 배 회장에게 경고했다. 하지만 이미 여진에게 매료된 배비장에겐 아무 의미도 없었다. 배비장은 수많은 여자를 농락한 교활한 바람둥이였다. 여진은 배비장의 올가미에서 벗어날 길이 없었다. 대신 여진은 성대한 결혼식과 함께 그녀를 법적인 아내로 맞이해 줄 것을 요구했다. 그렇게 맞이한 첫날 밤, 불덩이를 품은 여진의 화산이 배비장의 작은 성을 그대로 삼켜 버리고 말았다. 한 번의 결합으로 배비장은 성적인 능력을 잃어버렸다고 했다. 분노와 절망으로 저주를 쏟아 냈지만 그녀의 마법에 사로잡힌 배비장은 여진을 놓아주지 않았다. 그는 자신의 무너진 성에 여진을 가두고 채찍을 휘두르며 끝없이 그녀의 화산에 돌을 던졌다. 쉽게 불타오를 줄 알았던 여진의 육체는 그럴수록 차갑게 식어 갔다. 욕망의 불꽃 속에서 고통에 신음하는 여진을 보고자 했던 배비장의 복수극은 시들해지고 말았다. 하지만 그는 포기할 기미를 보이지 않았다. 아량을 베풀 듯 여진에게 남자를 붙여 주거나 은밀한 사교모임에 데리고 가기도 했다. 수많은 시도에도 성공하지 못하자 배비장은 여진이 스스로 남자를 선택할 수 있도록 허용했다. 이것이 여진이 제집 드나들 듯 호빠를 찾게 된 이유이기도 했다.

여진이 자신의 욕망을 가두기 위해 사용한 것이 복어 독이라고 했다. 하지만 독의 사용이 반복될수록 마비된 육신에서 풀려나는 순간 욕망의 불꽃은 더욱 강렬해졌고, 더 이상 버티기 어려워진 시점에 만난 것이 강세라고 했다. 그리고 열 송이 장미를 하룻밤에 꺾어라. 이것이 두 사람의 사랑을 위한 그녀의 마지막 요구였다. 강세도 그녀의 용광로에 녹지 않을 남자임을 증명할 필요가 있다고 생각했다. 하룻밤에 열 여자가 결코 쉬운 일은 아니었지만 강세는 왠지 자신이 있었다. 강세가 여진에게 열 송이의 장미를 꺾어 바친 날 둘을 다시 뜨겁게 사랑을 나누었다. 열흘이 넘도록 이어진 불꽃놀이가 끝나자 강세의 계좌로 거액의 돈이 입금되었다. 그리고 그녀는 사라졌다. 강세는 호빠를 그만두고 배비장의 주변을 맴돌았지만 여진의 그림자도 볼 수 없었다. 번뇌의 나날은 강세를 사색하게 만들었다.

『황제 변강세의 카사노바 예찬』, 호빠의 황제로 불리던 변강세의 삶과 사랑을 담은 자전적 소설이 출판되고 올해의 베스트셀러로 선정되었다. 호빠 선수에서 작가로의 변신이 쉽지는 않았지만 옹여진에게서 벗어나는 것보다는 쉬웠다. 그런데 어젯밤의 일로 순식간에 모든 것이 위태롭게 되었다. 사랑의 굴레에서 벗어나 자유를 향한 새로운 도약을 시작하려는 찰나 다시 암흑 속에 갇혀 버리고 만 것이다. 공포가 지나자 걷잡을 수 없이 분노가 치밀었다.

강세가 꿈틀거리며 바닥에서 겨우 몸을 일으키자 드르륵 문이 열렸다. 지하실에 불이 켜지고 시린 눈에 드러난 인물은 배비장이었다.

"이봐, 내가 누군지 알겠지. 그렇게 오래 내 주변을 맴돌았으니까 말이야. 남의 마누라랑 놀아났으면 이런 결말도 예상은 했겠지?"

"으…."

"뭐야, 그 표정은? 이 새끼 억울하다고 하면 말도 안 되지. 남의 마누라랑 놀아나고 끝까지 잘나가면 내가 마음이 좋겠어? 그리고 베스트셀러는 내가 만들어 준 거야. 네놈 책이 좋아서 그런 게 아니라 돈의 힘이란 말이지.

"으…."

"뭐라고? 근데 넌 여자로 태어났어도 참 예뻤겠다. 이봐, 김 실장. 이 새끼 잘난 다리 하나 잘라 버리고 최 박사한테 데려다줘. 절대 죽으면 안 돼!"

악다구니를 써 봤지만 강세는 신음 외에 아무것도 입 밖으로 내보낼 수 없었다. 김 실장이라는 자가 커다란 전지가위를 위협적으로 펼치며 다가왔다. 배비장이 말한 다리가…, 여전히 흐릿한 머릿속에서 '삐' 하고 경고음이 울렸다. 그렇게 변강세의 가장 큰 자부심이 어이없게 잘려 나가고 말았다. 강세가 사라지고 난 이후 '호빠의 황제 변강세가 재벌 사모님과 잘못 엮여 거세를 당하고 여자가 되었다', '과학을 신봉하는 무슨 종교에 심취했다'는 등의 소문이 떠돌았다.

늦은 밤, 배비장은 여진과 함께 클럽 소돔을 찾았다. 소돔은 비밀스럽고 종교적인 색채가 강한 회원제 사교클럽이었다. 소돔은 고도의 뇌과학과 인지공학을 이용해 성적인 접촉 없이도 극도의 쾌락을 제공하는 기술을 가지고 있었다. 소돔의 교주는 변애랑이라는 여자였으며, 여장남자라는 소문도 있었다. 소돔의 가장 큰 고객은 배비장처럼 성적인 기능에 문제가 있는 남자들이었다. 소돔은 뇌자극과 증강현실을 통해 그들을 변강쇠로 만들 수도 있고 남자에게 여자의 오르가즘을 제공할 수도 있었다. 쾌락의 노예가 된 사내들은 소돔의 충실한 신도가 되었다. 특히 가학적인 성욕을 가진 배비장은 소돔의 열렬한 신도였다.

배비장은 색욕의 악마 서큐버스가 되어 가학의 방에서 여진을 매달고 채찍을 휘둘렀다. 여진도 강세와의 사랑으로 해제되어 버린 욕정의 육체를 달리 어찌할 방법이 없어 배비장을 따랐으나 피폐해진 정신은 한계에 다다르고 있었다. 채찍의 고통에 몸부림치던 여진이 애랑을 향해 조용히 읊조렸다.

"애랑님, 제발 이 고통을 끊어 주세요. 더 이상 견디기가 힘드네요."

"내 기억이 맞는다면 당신에게 다른 방법이 있을 텐데요. 모든 것을 끝낼 수 있는 독이…."

"제 머릿속을 읽으셨나요? 그렇지만 아직은 사랑했던 한 남자를 지워 낼 수가 없네요. 내 기억 속의 남자를 한 번만 데려와 주세요. 모든 것을 끝낼 수 있게…."

눈물을 흘리며 여진이 매달린 방으로 들어온 애랑은 여진의 눈을 가리고 배비장에게 커다란 전정가위를 들려 주었다. 애랑이 무언가를 지시하자 배비장은 가위로 볼품없이 쪼그라든 자신의 성기를 싹둑 잘랐다. 잘린 부위에서 붉은 피가 솟구쳤지만 배비장은 아무런 고통도 느끼지 못하는 듯 웃고 있었다.

애랑은 여진에게 천천히 다가섰다. 그리고 그녀에게 입을 맞추며 귓가에 속삭였다.

"여진, 내가 바로 당신이 간절하게 찾던 그 남자야. 믿기지 않겠지만, 나 강세야…."

강세가 손에 들고 있던 리모컨을 누르자 지금까지 강세에게 있었던 모든 일들이 여진의 뇌로 전사되었다. 여진이 남긴 돈과 강세의 집념이 만들어 낸 소돔의 실체가 고스란히 여진에게 입력되었다.

"강세, 남편에게 얘기를 듣긴 했는데…, 누구보다 강한 남자였던 너를 내가 망쳤구나. 정말 미안해."

"사랑이었으니 괜찮아. 그리고 살아 보니 여자로도 좋아. 나는 애랑이고 이제부터 너는 옹녀가 되는 거야. 사내들의 욕정 위에 우리가 군림하는 거지."

강세와 여진은 피를 흘리며 쓰러져 있는 배비장을 무심히 바라보았다. 강세의 마음속에서는 더 이상 분노가 일지 않았다. 그날 이후 소돔은 몇 개월의 휴관을 거쳐 다시 문을 열었다. 그리고 소돔클럽 '가학의 방'을 찾은 신도를 여자가 된 배비장이 조용히 이끌고 있었다.

이성우

미니픽션 신인상, 제2회 부엉이 철학 동화상 수상
동화 『선글라스를 낀 개구리』, 『모음이 이야기』, 그림책 『여우의 꿈』
미니픽션 「모피상인」, 「당근파리」, 「슈퍼바이러스 안운학」 등 발표

토요와 구하
- '수궁가' 속 토끼와 거북이의 후손 이야기

서빈

"저기……, 토요야……."

구하 네가 내 앞에 나타났을 때는 내가 막 3단 뜀틀 연습을 끝내고 운동장에서 육상부로 들어가려던 참이었지.

아이들은 집으로 돌아갔고, 운동장에는 너와 나, 둘만 있었어. 텅 빈 운동장에 둘만 있으려니 마치 세상에 너와 나만 남은 것 같더라. 마침 해가 뉘엿뉘엿 지고 있어서 누군가 우리를 본다면 영화의 한 장면 같지 않을까, 생각했어. 네 옷에서 물이 뚝뚝 떨어지는 것만 뺀다면 말이지.

"우선 이걸로 좀 닦아."

나는 얼른 내 목에 걸려 있던 수건을 너에게 건넸어. 파랗게 변해 미세하게 떨리는 너의 입술이 애처로웠지. 아까 시우네들이 수돗가에 몰려 있더니, 또 너를 괴롭힌 것 같았어. 너는 시우네들의 밥이었으니까.

'사람을 이렇게 쫄딱 젖게 하다니!'

나는 매번 너를 괴롭히는 시우 녀석들에게 화가 났어.

"잠깐만 있어 봐."

나는 얼른 육상부에 들어가 여별의 운동복을 가지고 나와 너에게 주었지.

"갈아입어."

초여름이긴 했지만, 함빡 젖은 옷을 계속 입고 있기에는 아직 추운 날씨였어. 하지만 넌 내가 준 추리닝을 그대로 들고 서 있었어.

"왜? 여자 거라 싫어?"

나는 그게 아니라는 걸 알면서도 너를 놀리려고 일부러 샐쭉하게 물었지.

"아니, 아니."

손사래를 치며 당황하는 너의 모습은 귀여웠어.

"그게 아니라…… 부탁이 있어서."

"뭔데?"

"나랑……"

나는 인내심을 가지고 너의 다음 말을 기다렸어. 너는 진짜 해야 할 말이 있을 때는 한참 동안 말을 못 하니까. 꽤 오래 말이 없던 너는 그다음 말을 쏟아 내듯 말했어.

"별래산 안 갈래?"

별래산은 우리 동네에 있는 그리 높지 않은 뒷산이었는데, 최근 들어 몇 건의 여학생 강간 사건이 일어난 곳이었어. 나는 좀 찝찝한 기분이 들었지.

"거긴 왜?"

"……."

너는 할 말을 찾지 못하는 것 같았어. 나는 너에게 그 산에 가야 할 이유를 듣고 싶었지만, 네가 워낙 말주변이 없다는 것을 알고 있었기에 참지 못하고 말해 버렸지.

"그래, 가자. 산에 가면 공기도 좋고, 새로 난 풀도 맛있을 거야. 잠깐만 기다려. 나 옷 좀 갈아입고."

나는 너를 세워 두고 육상부로 달려갔어. 일부러 풀이 맛있을 거라고 했는데, 너는 전혀 눈치채지 못하더라. 아마도 너는 또 나의 뒷모습을 보며 토끼 같다고 생각하고 있었겠지. 하지만 네가 모르는 게 있어. 나는 토끼를 닮은 게 아니라 진짜 토끼라는 사실. 그리고 내 짐작이 맞다면, 구하 너는 거북이고.

내가 이 학교로 전학을 온 것은 너를 만나기 위해서였어.

오래전 우리 토끼 조상님이 니네 거북 조상님에게 속아서 용궁에 갔다 온 후로, 토끼와 거북이는 사이가 안 좋아졌지.

어른들의 마음속엔 분노와 불신의 싹이 자랐어. 어른들은 속고 속이는 이 세상에 환멸을 느끼고 지구를 떠나기로 했지. 그래서 달로 이주해 정착하게 된 거야.

어른들은 우리에게 거북이는 상종도 못 할 종족이라고 하셨지. 달콤한 말은 믿을 게 못 된다고 하셨어. 하지만 나는 늘 궁금했어. 정말 모든 거북이가 다 그런 걸까? 거북이의 성격이나 상황에 따라 다른 건 아닐까? 토끼 말고는 다 나쁜 걸까? 우리 종족 말고 다른 종족은 믿을 수 없는 세상이라면 정말 슬플 것 같았어. 그래서 난 그걸 확인하기 위해 지구로 내려오게 된 거야.

처음으로 너와 이야기를 한 날, 너는 내가 전학 올 때 혼자 오고, 처음 보는 친구들 앞에서 자기소개도 척척 잘하고, 육상부에도 들어가서 금방 적응하는 모습이 보기 좋다고 했어. 무엇보다도 나와 있으면 웃게 된다고 했지. 내가 누군가를 웃게 한다니 나도 기뻤어.

너는 이 동네에서 나고 자랐지만, 아직도 학교생활이 버겁고, 마음을 나눌 친구 하나 없다고 했어.

"유일한 친구는 할머니였는데 작년에 돌아가셨어."

그렇게 말하며 먼 하늘을 보는 너는 쓸쓸해 보였지.

지구란 별은 참 이상해. 종이와 동전으로 만든 '돈'이라 불리는 것으로 생명체들은 서로를 구분 짓고, 그걸로 각자의 가치를 평가하지. 돈이 적은 이는 하층민이 되고, 돈이 많은 이는 그들 위에 군림하며 돈이 적은 이들을 마음껏 깔보고 부려 먹어.

누구도 가난한 동네에 사는 너에게 관심을 두지 않았어. 시우네들이 있었지만, 그 애들은 너를 괴롭히거나 심부름을 시키기 위해서 이용하는 것뿐이었어.

철벅철벅. 네가 걸을 때마다 운동화에서 물 새는 소리가 났어. 옷은 갈아입었지만, 여벌 운동화가 없어서 넌 젖은 운동화를 계속 신어야 했지. 그 소리만 들으며 걸어가던 나는 우뚝 네가 서는 바람에 무슨 일인가 싶었어. 별래산 입구였어.

"왜?"

"너무 캄캄해. 나중에 오자."

네가 무표정하게 말해서 너의 감정을 읽을 수 없었어.

나는 산을 바라봤어. 캄캄하긴 했어. 그래도 여기까지 왔는데, 돌아가긴 싫었어. 나는 괜히 고집을 피웠어.

"나중에 언제? 왔으니까 그냥 가자."

나는 앞장서서 산을 오르기 시작했어. 너는 가기 싫은 것처럼 더 느려진 걸음으로 어기적거리며 따라왔어. 그렇게 산을 오른 지 얼마 안 됐을 때, 인기척이 안 느껴졌어. 나는 뒤를 돌아봤어. 너는 저만치 아래 발이 땅에 붙기라도 한 듯 서 있었지.

"아, 뭐야? 별래산 가자며?"

난 네가 이해가 안 됐어.

"그만 가. 아무래도 안 되겠어."

네가 알 수 없는 소릴 내뱉었어.

"뭔 소리야?"

"가면…… 후회할 거야."

그때의 나는 너의 그 말이 무슨 뜻인지 알지 못했어.

"에이, 후회를 왜 해?"

나는 너의 말을 무시하고 산 쪽으로 몸을 돌렸어.

"가지 말라고! 시우네들 있어."

너는 나를 향해 외쳤어. 나는 걸음을 멈추고, 뒤를 돌아봤
어. 시우네들이 어디에 있다는 건지 의아했어.

"미안해……."

너는 나의 눈길을 피하며 자조적으로 말했어.

"난 이런 놈이야. 내가 안 당하려고 널 끌어들였어. 그러니
까 여기서 그만 가. 안 그러면 넌……"

그때, 야유하는 듯한 휘파람 소리가 들렸어. 시우네들이었
지. 돌아가기엔 늦었어.

"아주 애절하다? 왜 이렇게 늦나 했더니, 여기서 실드 치냐?"

시우가 너에게 가서 너의 머리채를 잡아 꺾으며, 복부에 주먹을 날렸어. 이를 악물고 참는 너의 신음이 들렸지.

"그러니까 내가 말한 대로 했으면 이런 일 없잖아."

시우네들은 낄낄거리며 너를 끌고 갔어. 작은 공터가 나타났어. 그 애들은 너를 무릎 꿇리고는 때리기 시작했지.

"그만해!"

내가 외쳤어. 나는 동영이에게 잡혀 움직일 수가 없었지.

"조용히 해, 이년아. 다음엔 네 차례니까."

"돈이 필요하면 돈을 줄게."

"부잣집 딸이라더니 소문이 진짜인가 봐?"

"그럼. 우리 집 아주 부자야. 지금도 갖고 있어. 팔 좀 풀어 줘 봐. 내가 보여 줄게."

나는 무언가 해야 했어. 나는 조금은 허풍을 섞어 당당해 보이려 애썼지.

"아니기만 해 봐."

시우와 도윤이가 너를 놔두고, 내가 있는 쪽으로 왔어. 가까스로 버티고 있던 네가 곧 풀 위로 쓰러졌지.

시우가 동영이에게 눈짓을 하자, 잡고 있던 내 팔을 풀어줬어. 나는 주머니에서 동글동글하고 검은 그것을 꺼내 보여 주었지.

"이게 뭐야? 돌 같은데? 장난하냐?"

"보석……이야. 이거 팔면 니네 평생 먹고 살걸?"

"진짜? 아니면 너 죽는다."

"확인해 보든가. 내일 보석 가게에 가서 알아보면 될 거 아냐."

나는 속으로는 덜덜 떨렸지만, 아무렇지 않아 보이려 애쓰며 말했어.

시우네들은 보석이라고 하니 그걸 챙기더라. 그리고는 자기들끼리 눈짓을 나눴어. 그 애들이 주고받는 눈동자에 음탕한 기운이 서리는 게 느껴졌지. 나는 그 애들이 무엇을 하려고 하는지 알 수 있었어. 그 애들은 나의 손목을 잡고 나를 바닥에 눕힌 다음, 나의 옷을 벗기기 시작했어.

나는 아주 냉정하고 침착하게 말했어.

"잠깐만. 너희들이 뭘 하려는지 알겠는데, 그래 봐야 소용없어."

"무슨 소리야?"

"난 생식기를 떼놓고 다니거든."

"뭐? 웃기고 있네."

시우네들이 코웃음을 쳤어.

"진짜야. 나는 어렸을 때 병에 걸려서 아래쪽을 수술했거든. 소변은 볼 수 있지만, 감염 때문에 생식기는 떼어 소독액 속에 담가 놔야 한댔어. 그래서 아무 때나 내 몸의 정수를 맛

볼 순 없어. 정 궁금하면, 같이 내려가서 내가 생식기를 붙이고 내 몸의 정수를 맛볼 수 있게 해 줄게."

시우네들은 어리둥절한 표정으로 서로를 바라봤어. 나는 기회를 놓치지 않고 쐐기를 박았지.

"근데 한 가지 알아 둘 게 있어."

"뭔데?"

시우네들은 약간 겁을 먹은 듯 나를 바라보았지.

"내 몸의 정수를 한번 맛보면, 너무 황홀해서 계속 생각날 거야."

"그, 그래?"

시우네들이 침을 삼켰어.

"공부할 때도 생각날 거고, 자전거를 탈 때도 생각날 거고, 다른 여자를 만나도 생각날 거야. 아마 다른 여자하고는 하고 싶지 않을걸? 그래도 괜찮겠어?"

"어……, 어."

시우네들은 얼빠진 표정으로 내 말을 듣고 있다가, 고개를 세차게 끄덕였어.

시우가 잡았던 손목을 풀어 주며 말했어.

"좋아. 그럼 같이 내려가자."

나는 그 애들이 방심한 틈을 타서 얼른 일어났지. 옷을 추

스르고, 껑충껑충 뛰어 너에게 달려갔어. 너무 순식간에 일어난 일이어서 시우네들은 멍하니 나를 바라볼 뿐이었어.

나는 쓰러져 있는 너를 번쩍 안아 들고는 시우네들에게 한마디 했어.

"야, 이 바보들아. 자기 생식기를 떼어놓고 다니는 사람이 어디 있냐?"

그제야 시우네들은 자기들이 속았다는 것을 알고 분하다는 표정을 지었지.

"근데 우린 정말로 사랑하는 사람하고만 자기 맛의 정수를 나눠. 너희는 지조 없이 아무하고 그러는 것 같던데, 그러다 병 걸린다."

"아우, 저게!"

시우네들이 나를 잡으려고 달려왔지만, 그럴 때마다 나는 너를 안고 요리 뛰고 조리 뛰면서 시우네들을 피했지. 너도 내 뜀뛰기 실력 알지?

그래서 시우네들은 어떻게 됐냐고?

나를 잡으려다가 결국 지쳐서 나가떨어졌지. 다음 날 아침이 되어서야 눈을 뜬 그 애들은 당황해서 허겁지겁 집으로 돌아갔지만, 부모님한테 엄청 혼이 났대나?

보석은 어떻게 됐냐고?

뒤늦게 까만 보석이 생각난 시우네들은 그걸 들고 보석 가게에 갔지만, 보석 가게 주인은 웬 토끼 똥을 가져왔냐며 시우네들에게 욕을 퍼부었다지. 크크크, 그래, 맞아. 그건 내 똥이었어.

망신을 당한 시우네들은 약이 바짝 올라서 너와 나를 보면 혼내 주겠다며 으르렁거렸지. 그때 경찰이 와서 그 애들을 체포했어. 별래산에서 일어났던 강간 사건의 용의자라고 하면서 말이야. 글쎄, 그 애들이 실제로 그런 짓을 저질렀는지는 모르겠어. 그 후로 그 애들의 소식은 들은 게 없거든. 내가 아는 건 그날 이후, 그곳에서 우리를 본 사람이 아무도 없다는 거야. 우린 다시는 그곳에 돌아가지 않았으니까.

왜냐고? 돌아갈 필요가 없었거든. 내가 품었던 의문의 답을 난 찾았으니까. 그 답을 구하 네가 보여 줬고, 난 지금 너와 함께 있으니까 말이야.

서빈

방송작가를 하다 지금은 연극과 뮤지컬의 대본을 쓰고 연출합니다. 만든 다큐멘터리가 국내와 해외영화제들에서 상영되었습니다. 계속해서 다양한 방향으로 글의 지평을 넓혀 가는 중입니다.

개 팔자가 상팔자

엄현주

　승강기 문이 활짝 열리는 순간, 아래층 젊은 부부가 유모차를 밀고서 냉큼 올라탔다. 김 씨는 그들을 향해 알은체했지만 남자만 고개를 까딱할 뿐이었다. '요즘 젊은 것들이란…. 쯧쯧.' 속으로 혀를 차는데 갑자기 여자가 금방이라도 울음을 터뜨릴 듯한 얼굴로 유모차 안을 들여다보며 속삭였다.

　"뚤리, 엄마가 많이 미안해."

　"그렇게 생각하지 말랬잖아. 당신도 오늘 가 보면 알겠지만 시설이 특급 호텔 뺨치게 좋다니까. 루프 탑, 건강 관리실, 한방 치료실, 그루밍 센터…. 정말 끝내 줘. 매끼 유기농으로 균형 잡힌 식사가 나오고 놀이 시설도 얼마나 잘되어 있다고. 미용실까지 딸려 있어 전속 미용사가 털이며 발톱 손질도 아주 꼼꼼하게 해 준대. 뭣보다도 수의사들이 스물네 시간 상주하고 있으니까 우리 뚤리한테 그보다 더 좋은 데가 어디 있겠냐? 편하게 가게 해 줘야지."

뚤리가 개? 그제야 김 씨는 유모차 안쪽으로 시선을 주었다. 어른 주먹만 한 털 뭉치 사이로 화려한 천 조각들이 눈에 띄었다. 유심히 보니 뚤리는 목도리와 조끼를 걸치고 붉은 색으로 물들인 양쪽 귀 사이로 게슴츠레한 눈을 끔뻑이고 있었다.

"아무리 그래도 집만 하겠어? 건강 검진을 좀만 일찍 받고, 치매 치료도 적극적으로 해야 했다고. 우리 뚤리에게 요양원이라니…."

불만스럽게 말하는 여자의 말을 남자가 성급하게 잘랐다.

"한 달에 얼만 줄 알아? 자그마치 기본이 백팔십이야. 당연히 수시로 추가 비용이 발생할 거고. 내 월급의 삼 분의 일이야. 우리 중 누구도 집에서 개 돌보느라 회사를 휴직할 수는 없잖아."

"무슨 말을 그따위로 해? 넌 돈밖에 몰라? 얘는 결혼하기 전부터 나랑 함께했단 말이야."

"그래서 얘가 나보다 더 소중하다고?"

험악해진 분위기를 감지한 듯 띠앙, 소리를 내며 승강기가 지하 주차장에서 멈추었다. 김 씨가 승강기에서 내려 차를 주차한 곳으로 걸어가는 동안 그들도 유모차를 밀고서 뒤따라오며 계속 언쟁 중이었다.

"내가 바보도 아니고 현실적인 문제를 어떻게 생각 안 하겠어? 단지 내가 서운한 것은 조금도 내 심정을 헤아리지 않는 네 태도라고."

"뭐라고? 더 이상 어떻게 내가 널 달래야 하는데? 그동안 나도 뚤리한테 할 만큼 했어. 야근하고 와서 한 번도 안 빼고 산책시키고 목욕시켰어. 매번 식단 바꾸어 가며 요리해서 먹이고, 제일 비싼 옷이며 장난감이며 과외까지. 우리 부모한테 그랬으면 벌써 효자 소리 들었을 걸."

"그래서 뭐, 어쩌라고? 뚤리는 한 집에 사는 가족이야. 네 부모는 아니잖아. 우리 가족이…"

격앙된 목소리를 뒤로한 채 김 씨는 차 문을 열고 올라탔다. 차창 밖으로 멀어져 가고 있는 부부의 뒷모습이 보였다. 그 위로 아내의 얼굴과 함께 내뱉던 말들이 글자가 되어 눈앞에 어른거렸다.

'내가 왜 이렇게까지 해야 하냐고요? 자그마치 칠 년이야. 자식들 결혼시키고 이제 늘그막에 좀 편해지려는데 치매 걸린 시어머니까지 떠맡아야 해요? 평소에 내게 살갑게 대해 줬으면 말을 안 해. 당신도 알잖아요? 어떻게 내게 시집 살렸는지…. 노인네, 그러니 맘을 잘 쓰고 살았어야지.'

그는 아내에게 반박할 말을 찾는 대신 요양원을 여기저기 찾아보는 수밖에 없었다. 그가 살고 있는 데서 그다지 멀지 않고 시설이 양호하면서 가격이 웬만한 곳으로. 하지만 그런 곳은 없었다. 세 가지 조건 중에서 한 가지는 포기해야 했다. 결국 양호한 시설을 제외시켜야 했다. 그럼에도 매달 지불해야 할 돈이 부담되는 현실이었다. 퇴직금으로 겨우 부부가 살아갈 형편인데 백오육십만 원이나 되는 돈을 지불하기 위해 그는 다시 일하러 나가야 했다. 이제 그가 새롭게 하게 된 일은 건물을 경비하는 것이었다. 하지만 돈이 모자라 매번 쩔쩔맸다. 요양원에서 청구하는 추가 비용이 점점 늘어나는 탓이었다. 그럴 때마다 그는 아내의 눈치를 봐야 했다.

　"워낙 기력이 떨어져서 영양제 주사를 자주…. 근데 꼭 필요해선지, 아니면 보호자한테서 한 푼이라도 더 받아 내려는 수작인지 모르겠어."

　그는 요양원을 슬쩍 비난하는 체하면서 아내의 불평, 불만을 무마해 보려 했지만 헛수고였다.

　"다른 요양원을 알아봐요. 그리고 말이 나온 김에…, 고모네도 아무리 어렵다지만 얼마 보태야 하는 거 아녜요? 뭐, 아들만 자식인감?"

　아들인 오빠만 어머니에게 자식이었다고, 그의 여동생은

입에 게거품을 물고 말할 것이다. 자랄 때 받은 차별들을 낱낱이 늘어놓을 것이며 지금 그가 살고 있는 집을 장만할 때 시골 논밭을 팔아 몇 푼 보태 준 것까지 빼지 않고 읊어 댈 게 뻔했다. 그러니 괜히 잘못 말 꺼냈다가는 그 지겨운 '아들 딸 차별 타령'만 실컷 듣고 한 푼도 못 받아 낼 것이 분명했다. 차라리 좀 더 싼 데를 알아보는 편이 나을 듯했다.

그는 시간 날 때마다 인터넷 검색을 해서 여기저기 알아봤지만 적당한 곳이 없었다. 가격 차이가 얼마 나지 않는데도 시설은 형편없었다. 그러다 그는 어머니의 상태가 어느 정도인지부터 파악해 봐야 한다는 생각이 뒤늦게 들었다. 그제야 어머니를 못 본 지가 벌써 몇 달째라는 걸 알아차렸다. 이제 코로나 핑계를 더 이상 댈 수도 없잖은가? 전날 밤, 그는 미루고 있었던 요양원 방문을 결심하고서 아내에게 말했다.

"내일은 요양원에 가 봐야겠어. 어머니를 못 뵌 지도 한참 됐고, 어떤 상태인지 봐야 될 것 같아."

"그렇긴 하지요. 근데 난 못 가요. 약속이 있어요. 미리 좀 얘기하지. 꼭 바로 그 직전에…. 하여튼 그 버릇은 평생 가도 못 고친다니까요."

누가 당신더러 같이 가 달래? 무슨 핑곗거리든 만들어 빠져 나갈 구멍만 찾는, 그 버릇도 참 여전하군. 이런 말들과 함께 차오르는 분노를 그는 지그시 눌렀다.

　7월의 뙤약볕이 쏟아지는 거리의 열기가 열어 놓은 차창으로 마구 침범해 차 안은 찜통이었다. 차 에어컨이 또 말썽이었다. 얼마 전 카센터에서 낡은 차를 바꾸는 편이 비용 면에서도 훨씬 나을 거라고 하더니…. 일정 시기가 지나면 여름이 끝날 거고, 그러면 또 얼마간 견딜 수 있으리라고 자신을 다독이면서 그는 핸들을 돌렸다.

　그의 등 뒤가 땀으로 축축해져 올 무렵, 나무가 우거진 숲길이 양쪽으로 펼쳐지기 시작했다. 지난번에 왔을 때 새순들이 조금씩 돋아났었는데, 그러니까 얼마 만이야? 그걸 헤아려보려는 순간 어머니의 삭발한 머리와 멍한 눈빛이 떠올랐다. "엄니 아들 수야"라고 몇 번이나 말해도 알아보지 못했다. 그는 어쩔 수 없는 심정으로 어머니의 머리통을 손바닥으로 어루만졌다. 내 이럴 줄 알았으면 진작 머리 깎고 중이될걸. 까칠까칠한 감촉과 함께 어머니의 노여운 목소리가 들려오는 듯했다.

　"엄니, 우리 앞에서 걸핏하면 머리 깎고 중이 되신다고 하더니…."

　울컥해서 말을 잇지 못하는 그의 옆에서 담당 보호사가 말했다.

"제대로 관리하려면 어쩔 수 없어요. 훨씬 위생적이죠. 너무 서운해하지 마세요."

변명인지 위로인지 모를 말을 하고서 그녀는 다른 침상 쪽으로 가 버렸다.

여전히 어머니의 머리는 삭발하신 채겠지? 뚤리가 가는 요양원은 전속 미용사가 있다고 했는데…. 요양원 간판을 보고 차를 주차시키면서 그는 자기도 모르게 좀 전에 본 뚤리를 떠올렸다.

안내 데스크에서 면회자 방문 일지에 기재해야 할 사항들을 다 작성하고 그는 승강기를 타고 5층으로 올라갔다. 간호사 스테이션에는 아무도 없어서 그는 바로 어머니가 있는 입원실 506호로 갔다. 문을 여는 순간, 미적지근한 공기와 함께 악취가 먼저 그를 맞았다. 그는 잠시 숨을 멈추고 6개나 되는 병상에서 어머니가 누운 침대를 찾다가 벽 한쪽에 서 있는 에어컨의 몸통에 28이란 숫자를 먼저 발견했다.

"아니, 저럴 바에야 아예 에어컨을 끄고 문이라도 활짝 열어 두는 편이 낫지."

그는 자기도 모르게 불쑥 내뱉고는 어머니의 침대 옆에 섰다. 세상에나! 다른 사람이 누워 있는가, 착각할 정도로 어머니의 모습이 달라져 있었다. 삐죽삐죽 자라난 머리카락과 뼈만 남은 얼굴이 어머니라고는 도저히 믿어지지 않았다. 그는 누워 있는 어머니의 손을 꼭 잡았다. 앙상한 뼈마디가 그의 손바닥에 아프게 와 닿았다.

"세상에, 세상에…. 엄니, 엄니, 으으, 엄마!"

울먹거리는 그의 목소리에 눈가장자리가 짓무른 눈을 어머니는 게슴츠레하게 떴다. 어머니와 애써 눈을 맞추어 봤지만 여전히 그를 알아보지 못했다. 하는 수 없이 그는 누워 있는 어머니를 앉혀 보려고 했다. 그러다 환자복 윗자락이 말려 올라가면서 뼈만 남은 등이 드러났다. 그 위로 여기저기 붉은 꽃처럼 활짝 피어난 욕창! 놀란 그는 벌린 입을 채 다물지도 못하고 있는 힘을 다해 호출 버튼을 다급하게 눌렀다. 감감무소식이었다. 그는 누르고, 또 눌렀다. 그제야 나타난 간호사가 뭔 일이냐며 커튼을 젖혔다.

"아니, 이 욕창 좀 보시라고요. 대체 관리를 어떻게 하면…"

억장이 무너지는 듯해 그는 더 이상 말을 잇지 못했다. 그러자 그녀는 담담한 어조로 대꾸했다.

"긴급 사태가 생긴 줄 알았네요. 오래 누워 계시다 보면 욕창이야 생기기 마련이죠. 어쨌든 조치를 할 테니 염려하시지 마세요."

웬 호들갑이냐는 투로 말하고 간호사는 사라져 버렸다. 침상 위에 아무렇게나 부려 놓은 짐짝처럼 보이는 어머니의 손을 잡고 그는 중얼거렸다.

"엄니, 다음 생에는 제 어머니로 태어나지 말고 반려견으로 태어나세요. 살림이 넉넉하고 사람 좋은 주인을 만나시라고요. 별 볼일 없는 사람 팔자보담 이제 개 팔자가 낫다니까요."

엄현주

2002년 평사리 문학상으로 등단, 2016년 법계문학상 수상
소설집 『투망』, 『불꽃선인장』, 장편소설 『참 좋은 시간이었어요』
공저 『기침소리』, 『코비드 19의 봄』, 『카페인랩소디』, 『버터플라이허그』

경계에 선 자

박병구

"내 딸과 결혼해 주면, 중소도시 시장 자리 정도는 추천할 수 있네."

중국 공산당 중앙당교 마오(毛) 국장이 차오(曺) 연구원에게 거부하기 힘든 제안을 하였다. 평소 차오를 유심히 지켜보던 마오 국장이 자기 사위로 삼고 싶다는 속내를 내비쳤다. 차오가 어리둥절하는 사이 대답할 틈도 주지 않고 전화벨이 울렸다. 국장은 월례회 때문에 자리를 떠야 한다며 잘 생각해 보란 말과 함께 회의실로 향했다.

차오 연구실에는 책들이 쌓여 태산이 되었지만 차오의 경제생활은 여전히 밑바닥을 기고 있었다. 차오에겐 칙칙한 연구실에서 보고서나 쓰느니, 현장에서 공치사하며 박수갈채를 받는 시장 자리가 현실적으로 더 매력 있게 다가왔다. 국장의 제의를 뿌리치기엔 차오의 삶도 배경도 그리 넉넉하지 못했다. 시장 직책을 수행한다면 처가 배경을 등에 업고 대도시 시장, 당위원회 서기, 성장… 출세 가도로 내달릴 수 있다는 장밋빛 환상에 가슴은 웅대해지고 목은 뻣뻣해졌다. 그날따라 오성홍기는 왜 그렇게 붉게 휘날리는지 붉은 별이 두 어깨에 내려앉았다. 유혹은 달콤하게 속삭이는데 기억의 수첩 속엔 아내와의 추억이 빼곡히 남아 있었다. 어떤 선택을 해야 할지 차오에게 존재하는 수많은 자아가 차오를 휘감아 버렸다.

'누구에게 이 사실을 고백하면 최적의 행복을 가져다줄까?'

차오는 딜레마에 빠진 자신을 구원할 방안에 대해 고민했다.

'아내에게 이별을 통고한 후, 국장이 내가 기혼자란 사실을 알고 딸을 주지 않는다면, 국장의 신임도 아내의 사랑도 모두 잃어버리게 된다. 나는 닭 쫓던 개 지붕 쳐다보는 허망한 꼴이 된다.'

차오는 누구에게든 먼저 불리한 경우의 수를 보이지 않는 것이 최고의 합리적 선택이라는 결론을 내렸다.

퇴근 후 차오가 아파트 문을 열고 현관으로 들어서자 배 속의 아이는 걸음 소리에 발길질하며 웃었다.

"당신 무슨 걱정거리 있어요? 표정이 너무 심각해 보이는데."

"아니, 별일 없어. 당교 업무 때문에 좀 피곤해서 그래."

"여름휴가는 친정으로 가요. 친정엄마 못 본 지도 벌써 3년이 넘었잖아요."

"당신 지금 임신 몇 개월째지?"

"여섯 달째 지나고 있어요."

"……."

출산을 앞둔 아내는 태동이 신기한 듯 흥분된 목소리로 말했다.

"배를 한번 만져 봐요. 태동하는 느낌이 와요."

아내는 차오의 손을 끌어당겨 자신의 배를 어루만지게 했다. 배 속의 아이는 자궁을 박차고 나가 얼른 품에 안기고 싶은 듯 계속 발길질해 댔다.

"태동이 심하게 요동치니 분명 사내일 것 같아요."

아내의 배를 만지자 배 속의 아이는 차오를 보며 환하게 웃었다. 차오는 차마 국장의 제의를 사실대로 말할 엄두를 내지 못하고, 넌지시 아내의 반응을 떠보려 입을 열었다. 차오의 입안은 바싹 말라 비린내가 났다.

"만약 내가 갑자기 사라진다면, 당신 배 속의 아이는 어떻게 할 거야?"

전혀 예상치 못한 물음에 아내는 황당하다는 표정을 지었다.

"난 아비 없는 자식을 낳고 싶지 않아요."

아내의 소망과는 달리 차오의 속내는 마오의 딸에게 향하고 있었다.

다음 날, 차오는 출근하자마자 마오 국장으로부터 호출을 받았다. 마오 국장은 차오와 마주하더니 혼사 얘기부터 꺼냈다.

"내가 인사처에 신원조회를 해 보니, 자네는 이미 결혼을 했더군. 내가 공연히 남의 가정에 결례했군. 그런데, 차오는 국제결혼을 했네. 배우자가 외국인이면 당 기관에서 승진하기 참 어려운 게 공공연한 비밀인데……."

마오 국장은 공산당 중앙기관이 차오의 장래를 보장할 수 없을 거라는 언질을 줬다. 차오는 애써 태연한 척했지만 가능성마저 희박한 주변인으로 전락할 처지에 놓이게 되었다. 차오는 희박한 가능성과 결별하고 새로운 가능성을 모색해야 하는 경계에 섰다. 여느 때보다 일찍 귀가한 차오는 먼저 아내의 배를 어루만지더니 배에다 얼굴을 묻고 비볐다. 배에서 고요한 숨소리가 들려왔다. 배 속의 아이는 돌아온 차오를 바라보며 더 환하게 웃었다. 웃음의 파동이 차오의 텅 빈 충만을 다시 채우기 시작했다. 출산이 점점 앞으로 다가오자 배 속의 아이의 웃음소리는 곧 차오의 웃음으로 들려왔다. 마오의 딸을 향한 차오의 헛된 감정도 시간이 흐른 후에 서서히 객관화되었다. 차오는 붕붕 떠다니던 감정의 부유물을 가라앉히고 맑은 소리로 말했다.

"우리, 당신 친정 나라로 가서 살까?"

박병구

2020년 월간《문학세계》시 부문 등단, 2021년《아동문예》동시 등단
2022년《나래시조》시조 등단,《영호남수필》수필 등단
공저 『새벽 두 시의 남자』

광활한 우주에서 사라진 너를 찾는다는 것

원희재

현재 기온이 섭씨 2도라는 알림 소리로 시작된 새해 첫날, 창밖에는 조용한 비가 내리고 있었다. 어느새 80세가 된 기한정 박사는 창문 밖을 바라보기 위해 천천히 침대에서 일어났다. 나이가 들면 시간이 빨리 흘러간다고 했는데 기한정 박사에겐 사실이 아닌 것처럼 느껴졌다. 천천히 흘러가는 시간들, 어느 땐 모든 것이 다 멈춘 것처럼 느껴졌다. 세상 모든 것이 달팽이처럼 느릿느릿 움직였다. 창문은 쉽게 열리지 않았지만 그렇다고 열 수 없는 건 아니었다. 의지만 있다면 해내지 못할 일은 없다고, 학생들에게 열변을 토하던 시절이 떠올랐다. 자신이 한 말은 대체로 사실이었지만 누구에게나 들어맞는 것은 아니었다. 그 당시엔 몰랐지만 지금도 그것을 짐짓 모르는 체했다. 특히 스스로에겐 더더욱 그랬다. 창문이 열리자 흙냄새가 났다. 창문이 쉽게 열리는 집으로 이사를 가야겠다는 생각이 들었다. 자신의 몸처럼 오래된 창문은 창틀과 심하게 마찰음이 생긴 후에야 열렸다. 껄끄럽게 부딪히는 소리가 수년 전 세상을 떠난 아내와의 말다툼을 연상시키곤 했다. 사사로운 일들에 매번 쓸데없는 감정의 개입을 해 싸움을 일으키던 아내였다. 그녀가 죽고 나자 집 안은 굉장히 조용해졌다. 그때부터 시간이 멈춘 듯 천천히 흘러갔다. 아내가 그리운 건 아니었지만, 자주 아내가 떠올랐다.

살짝 열린 창문 틈 사이로 차가운 바람이 들어오자 한기가 느껴졌다. 머리가 맑아지는 느낌이었다. 새벽 공기가 좋았던 시절이 있었다. 모두가 잠든 새벽, 졸린 눈을 뜨고 도서관으로 걸어갈 때 맡았던 새벽 공기, 그 안에는 희망과 꿈, 믿음과 사랑이 있었다. 향학열이 불타던 시절, 새벽 공기에는 중독과도 같은 무언가가 있었다. 매일같이 최선을 다해 열심히 살아온 하루하루가 모여 기한정 박사의 삶은 조금씩 더 반짝였다. 그 시절 기한정 박사에겐 좋아하는 여자가 있었다. 단 한 번도 제대로 고백한 적은 없었지만 그녀를 위해 노란색 수선화 꽃을 샀던 기억이 있다. 지중해 연안과 동북아시아가 원산지인 여러해살이풀, 그 꽃을 어떻게 했는지 기억이 잘 나지 않지만, 꽤 오랫동안 수선화 꽃을 볼 때마다 그녀가 생각나곤 했다. 만약 아내가 나타나지 않았다면 그녀를 조금 더 오래 좋아했을지도 모른다.

그가 아내를 만난 건, 헌책방에서였다. 절판이 된 책『광활한 우주에서 사라진 너를 찾는다는 것』을 비로소 찾아냈을 때 간발의 차이로 그 책은 이미 아내의 손에 들려 있었다. 그는 아내 앞에서 안절부절못하며 그녀가 그 책을 두 손에서 내려놓기를, 그리고 무엇보다도 자신을 무심하게 대하고 이 서점을 나가 주기를 바랐다. 하지만 바로 그 순간 아내는 기한정 박사를 쳐다보았고, 기한정 박사도 아내의 얼굴을 정면으로 바라보고 말았다. 살짝 아래로 내려간 눈매, 도톰한 입술, 안경을 낀 대학생이던 아내는 기한정 박사와 눈이 마주치자 그 책을 본능적으로 움켜쥐었다. 그리고 한 5초 정도 기한정 박사의 눈을 응시했다. 기한정 박사는 자신의 모든 정보가 이 여학생에게로 송출되는 느낌이었다. 멍한 기분에 사로잡혀 있을 때 그녀는 굉장히 민첩하게 휙 하고 돌아서더니 계산대에 가서 책값을 지불했다. 어쩔 수 없이 기한정 박사는 그녀를 따라가지 않을 수 없었다. 갑자기 하늘에서 비가 쏟아져 내렸고 그녀는 들고 있던 우산을 펼쳤다. 우산이 없던 기한정 박사는 그녀의 우산 안으로 뛰어 들어갔다. 비를 피하기 위해서였는지 어떻게 해서든 책을 손에 넣고 싶어서였는지 아니면 그 둘 다였는지 알 수 없었다. 어쨌든 모르는 여자에게 먼저 나서서 말을 건 것은 그때가 처음이었다. 그 시절, 아내를 만날 때마다 비가 그렇게 왔다. 유난히 장마가 길어지던 날들이었다. 2년 후, 두 사람은 결혼을 했고『광활한 우주에서 사라진 너를 찾는다는 것』은 결국 기한정 박사의 책장에 소장되었다. 아내가 그 책을 읽었는지에 대해선 알 수가 없었다.

새벽의 찬 공기에 코끝이 시리고 온몸으로 한기가 느껴졌다. 영상의 날씨이긴 했지만 1월 1일, 겨울의 한복판에 있었다. 기한정 박사는 다시 창문을 닫고 따뜻한 침상 위로 들어가 눕고 싶어졌다. 구부렸던 몸을 펴고 창문을 닫기 위해 창가로 간 기한정 박사는 그 자리에 꼼짝없이 서 있을 수밖에 없었다. 창문 밖으로 보이는 나뭇가지에 붙어 있는 잎 하나가 흔들리고 있었다. 다른 가지에 남아 있는 잎들은 모두 중세기에 그려진 그림처럼 오래되고 정지된 채 조금의 미동도 없었다. 흔들리는 그 잎 하나가 왠지 모르게 수선화를 연상시켰다. 어느새 이사에 대한 생각은 사라졌다. 이사를 한다는 것은 창문을 열고 닫는 일에 비하면 훨씬 더 복잡하고 힘든 과정을 거쳐야 했다. 흔들리는 잎 하나를 바라보며 기한정 박사는 늘 그렇듯 오늘도 심장에 미약한 통증을 느꼈다. 그러나 통증에 점점 더 익숙해져서 미약하다고 느껴지는지도 몰랐다. 그 순간, 어딘가에서 아내가 키우던 개 구름이의 오줌 냄새가 흐릿하게 났다. 조금만 구름이의 냄새가 존재감을 드러낸다면 얼마든지 다시 옛날로 돌아갈 수도 있을 것 같다는 생각을 하며 아픈 가슴을 조용히 움켜쥐었다. 어느새 기한정 박사는 현실의 균형을 잃어버렸다. 한쪽 뺨에 차가운 마룻바닥이 닿았다.

먼지가 쌓인 채로 서가에 오래 꽂혀 있던 책 『광활한 우주에서 사라진 너를 찾는다는 것』이 기한정 박사를 내려다보고 있었을 때, 기한정 박사는 조금의 미동도 없이 바닥에 누워 있었다. 밤사이에 잎 하나가 조용히 떨어져 내리는 것을 본 사람은 아무도 없었다. 열린 창틈 사이로 비가 들이치기 시작했지만 빗소리는 들리지 않았다.

원희재

2019년 「트리라인의 타미륜」으로 미니픽션 신인상
2020년 제7회 과학소재 장르문학 단편소설 공모전 우수상

그 연인

임나라

산 중턱까지 올라가, 곡괭이로 삽주 뿌리를 캐 갖고 내려올 때였다.

-한번 올라오세요.

명이의 문자다.

-지금 올라갈게.

남자는 집으로 와 주섬주섬 옷을 꺼내 바꿔 입고 길 떠날 채비를 서둘렀다.

"서울 잠시 다녀올 테니, 삽주 뿌리 다려 잘 마시고 있어요."

"여비는 있어요? 카드도 연체가 돼서….'"

남자의 아내가 말을 더듬었다. 남자는 대답하지 않았다.

"저기요, 여비 남으면 팥빵 두어 개 사다 줄 수 있어요? 도시가 그립네요."

발걸음을 떼놓던 남자가 순간 돌부처가 된 듯 멈춰 섰다.

'누구 땜에 이 산속에 들어와 사는데?'

남자는 심호흡을 하고 나서 다시 걸으며 말을 남겼다.

"위암 환자가 무슨 밀가루 빵을…?"

멀어져 가는 남자의 등에 대고 남자의 아내가 느릿느릿 길게 말했다.

"여비가 좀 남으면 코발트빛 나는 머플러도 하나 사다 줄 수 있어요? 머플러를 휘날리며 맘껏 걷던 그 도시가 그리워서요."

남자는 멀어서 못 들은 양 대답하지 않았다.

버스를 타고 창밖을 바라볼 때면 언제나 명이의 얼굴이 비쳐 보였다.

크고 넓은 동네 마당에 온 동네 친구들이 모여 자치기를 하고, 줄넘기를 하고, 바둑치기 놀이, 고무줄놀이를 하며 놀았다. 노을이 지고 어둑어둑 땅거미 질 때까지 남아 있는 건 언제나 남자와 명이였던 듯했다. 마당 가운데에 가로지른 도랑을 두고 이쪽은 남자의 마당이었고, 저쪽은 명이네 마당이었기 때문이다. 여자애들이 고무줄놀이하던 고무줄을 걷어 뭉쳐서 명이에게 건네주던 일은 늘 남자의 몫이었다. 둘이에게 세월의 변화는 생전에 없을 듯했다.

하지만 본래 몸이 허약한 명이를 두고 성년이 될 무렵 남자는 길을 떠났다.

안개처럼 보이지 않는 미래를 향한 성급함이 발걸음을 재촉했을 뿐 돌아볼 겨를을 주지 않았다. 남자에게 명이는 그저 구름 속에 가리웠다 언뜻언뜻 잠시 비쳐 보이곤 곧 구름 너머로 사라지는 신기루였을 뿐이었다. 남자가 아내의 사기 빚으로 집안이 풍비박산이 날 무렵 명이에게서 연락이 왔다. 수십 년 만의 일이었다.

버스가 터미널에 도착하자 남자는 마른 장작개비 같은 다리로 서둘러 승강기 계단을 밟았다. 오가는 사람들로 붐비는 통로를 걷는 남자의 발걸음은 익숙해 보였다. 명이를 만나러 갈 때면 늘 가는 길이었다.

명이는 식당에 먼저 와 있었다.

"뭐 드실래?"

"늘 먹던 대로 돈까스로 하지 뭐."

명이는 돈까스와 오므라이스를 주문했다.

"내가 그렇게 빨리 보고 싶었어요? 문자 보자마자 달려오게?"

명이가 놀리듯 말하며 빙그레 웃었다. 남자도 덩달아 빙긋이 웃었다.

남자는 돈까스 먹으러 서울에 온 듯 열심히 먹었고, 명이는 예나 이제나 건성으로 먹는 듯했다. 만나자마자 헤어져야 하는 아쉬움이 어쩌면 마음 한쪽에 자리하고 앉아 서로 다르게 표현되고 있는 것인지도 모른다.

"겨울 해가 짧으니, 일찍 출발해야죠?"

커피숍에서 차를 마신 후, 명이가 서둘러 일어섰다.

버스 매표소에서 표를 산 명이는 하얀 봉투와 함께 남자의 윗저고리 포켓에 찔러 넣어 주었다. 남자는 이제 사양하는 몸짓도 하지 않았다.

"건강하게 잘 살아."

"어른들이, 멩이는 멩이 길다 말했잖아요? 용케 살아남았다고."

"이제 올라오지 않을 거야."

남자가 손을 내밀었다. 명이도 마주 손을 내밀다가 이내 거두곤 손바닥을 펼쳐 흔들어 주곤 등 돌아섰다. 마른 꽃과 마른 나무가 된 듯했다.

남자는 망연히 서서, 걸음을 떼어놓는 명이의 뒷모습을 한참 바라보다가 화장실로 들어갔다. 포켓에서 봉투를 꺼냈다. 두툼했다. 낯이 홧홧했다. 남자의 가슴에 처연함과 안도의 숨이 세게 몰아쳤다.

명이는 헤어질 때면 꼭 하얀 봉투를 내밀며 그때그때마다 이유를 대곤 했다.

"내게 처음이자 마지막으로 목도리를 선물했잖아요? 그 값이에요. 후후."

"나 처음 만난 날 말했잖아요? 보고 싶었다. 한 번도 잊어본 적이 없어. 그 생각 값이에요. 후후."

'올해도 당신 치료할 약초 종자랑 묘목도 좀 장만할 수 있을 거 같네.'

남자는 화장실 문을 나섰다. 맞은편에서 창밖을 향한 채 통화를 하는 명이의 모습이 보였다.

"아, 통장 인출 내역을 보았어요? … 치유할 사람에게 필요한 듯해서요. … 왜냐구요? 나보다 가엾어 보여서요."

남자는 허둥허둥 발걸음을 떼어 놓았다. 머리통이 하얗게 비어 가고 있었다.

에스컬레이터를 탔다. 남자도 전화를 받았다.

"곧 출발해. … 알았어요. 당신이 부탁한 팥빵이랑 머플러를 사서 갖고 갈 거요. … 아, 천사가 주었어…."

에스컬레이터 정면에 마주한 대형 거울 안에는 명이가 남자의 바로 위 계단에 서 있었다. 남자는 꽈악 눈을 감았다.

백화점의 넓은 홀 안에 징글벨 소리가 울려 퍼지고, 크게 외치는 젊은 신부의 목소리도 들렸다.

"왜 성탄을 축하한다고 하는지 한 번쯤 생각해 보셨나요? 그건 미움도 원망도 없는 주님 사랑의 표현입니다!"

임나라

《서울신문》신춘문예 「파랑이의 구름마차」,《대전일보》신춘문예 「하늘 마을의 사랑」 동화 당선
동화집 『사랑이 꽃피는 나무』,『밥 태우는 엄마』외 다수

긍정의 덫

김채옥

동수는 악몽을 꾸었다. 맹수에 쫓기던 장면이 너무나 생생해 벌떡 일어난 후에도 몸서리가 쳐졌다. 시계를 확인하니 새벽 4시였다. 낮의 일정을 무리 없이 소화해 내려면 좀 더 자야만 하는데 걱정이 꼬리에 꼬리를 물었다. 이제 한 달만 지나면 월급이 뚝 끊긴다. 그런데 악몽까지 찾아와 겨우 잠든 단잠을 날려 버렸다.

어둠 속에서 뒤척이던 그의 뇌리에 불현듯 어제 본 그림이 떠올랐다. 시커멓고 음침한 기운이 도는 그림이었는데 깊은 구덩이 안에 한 남자가 밧줄에 의지한 채 위태롭게 매달려 있었다. 구덩이 밑바닥과 벽에는 독사들이 혀를 날름거리고 있고, 구덩이 위에서는 맹수들이 남자가 올라오기만을 노리고 있었다. 하지만 남자는 나무에서 한 방울씩 떨어지는 꿀에 취해 사방에서 자신을 노리는 적들을 까맣게 잊고 있는 표정을 하고 있었다.

금융전문가인 강사는 그 그림을 보여 주며 우리에게 말했다.

"이 그림의 제목은 '긍정의 덫'입니다. 이 그림을 보시니 느낌이 어떻습니까? 제가 누누이 강조해서 말한 것 이제야 확실히 아시겠죠? 우리가 긍정의 착각 속에서 지내고 있다는 것, 제 강의를 들은 선생님들은 하루라도 빨리 깨닫기를 바랍니다."

그때 동수는 강사의 말을 귓등으로 흘렸다. 아직 아이들 대학 학자금 대출의 잔액도 남아 있고, 큰아들 대학원 학비도 내야 하지만 그렇다고 악몽을 꿀 정도로 자신의 형편이 나쁘다는 생각은 결코 해 본 적이 없다. 퇴직금을 받으면 당분간 급한 불은 끌 수 있다. 그는 늘 퇴직금이 있으니까…, 라고 자신에게 위로를 건네며 힘든 일이 몰려와도 어떻게든 버티어 냈다. 그런데 강사가 겁주듯이 보여 준 그림과 '긍정의 덫'이라는 말이 악몽이 되어 불쑥 몸통을 드러내 보이자 그는 몹시 당황스러웠다.

동수는 현재 회사가 제공하는 은퇴 예정자를 위한 '행복한 미래설계' 과정에 등록하여 매일 출근 도장을 찍고 있다. 이 교육은 2주간 동안 회사 연수원에서 진행되고, 의무교육이라 귀찮아도 빠질 수가 없다. 개강 첫날, 동수는 강당을 가득

채운 머리가 희끗희끗한 동료들 모습에 순간 놀랐다. 그동안은 자신이 얼마나 늙었는지도 잘 인지하지 못한 채 미련하게 앞만 보고 달려왔다는 생각에 쓴웃음이 나왔다.

제공해 준 교재에 나온 일정을 쭉 훑어보니 은퇴 후에 취미 생활이나 건강관리에 도움이 되는 강의보다는 주로 자산관리에 강의 시간이 집중되어 있었다. 자신을 유명한 자산관리 전문가라고 소개한 강사들은 은퇴 후의 행복은 바로 자산관리에 달려 있다는 것을 강조하며, 첫인사를 모두 이렇게 시작했다.

"여기 계신 선생님들. 저는 직장에서 한직으로 밀려난 쓰라린 경험도 있고 초년에는 아무것도 몰라 투자에서 손실을 크게 본 적이 있습니다. 그 모든 것에 자린고비가 되어 이제 전국에서 쉴 새 없이 찾는 금융전문가가 되었습니다. 공직에도 있었던 제 말을 믿고 여기 선생님들께서는…"

강사는 증권사의 지령을 받고 나온 선발 대장 같았다. 모든 자산을 증권사의 ISA라는 계좌에 넣고, 퇴직금도 반드시 IRP라는 개인형 퇴직연금 계좌로 받아야만 절세와 연금소득 두 마리 토끼를 잡을 수 있다고 했다. 은행에 있는 돈과 생명보험, 종신보험은 모두 쓸데없는 짓을 한 것이라며 손해를 보고 있더라도 아쉬워 말고 당장 깨 버리라고 하였다. 오직 증권사에서 하는 연금저축과 IRP, ISA만 살길이라고 말할 때는 옷만 안 걸쳤지 꼭 사이비 종교의 교주 같았다.

강의를 듣는 사람들의 눈에는 핏발이 섰다. 눈알이 튀어나올 것만 같았다. 강사가 일러 준 대로 오직 은퇴 후 살길은 IRP, ISA뿐이라고 믿고 그 꿀을 빨아 먹으려고 입을 벌리고 있는 듯이 보였다. 사람들이 술렁대기 시작했고, IRP 통장은 어떻게 만들고, 이미 만든 사람은 어디로 옮겨가야 하는지 휴식 시간에도 앞다투어 질문을 했다.

동수는 사실 IRP에 넣을 돈도 없고 퇴직금을 받아도 이것저것 제하면 별로 남는 돈이 없어서 기대라는 말조차 입에 올리는 것이 사치처럼 여겨졌다. 시큰둥한 태도로 마지못해 시간을 채우고 있는데 주변에서 점차 자신들이 가진 금융자산들을 은근히 드러내며 과시하려는 사람들이 생겨났다. 그들은 일말의 행복을 찾아서 모인 사람들을 아주 무색하게 만들었다. 말단 공무원들의 퇴직금조차 주식이나 펀드에 투자하라고, 그것만이 생명이고 진리라고 말하는 장사꾼들의 말과 행동에 동수는 슬슬 진절머리가 났다.

더욱 어이가 없는 것은 그렇게 확신에 차서 말하던 강사가 강의가 끝난 후에 강의 만족도 설문조사에서 '매우 좋았다'에 손가락을 꾹 눌러 달라고 손가락을 누르는 애교를 부리며 큰

절을 올리는 모습이었다. 그 모습에 모두 웃음이 빵 터지며 소리 내 웃었지만, 동수는 한숨이 절로 나오면서 자기도 모르게 고개를 절레절레 흔들었다. 쓸데없는 강의를 듣느라 속이 터졌지만, 꾹 참고 있다가 순간 잊고 있었던 자동이체 건이 생각났다. 얼른 인터넷 뱅킹에 접속해 보니 마이너스통장의 잔액에 깜박깜박 빨간 불이 들어와 있었다. 그는 얼굴을 붉히며 누가 볼세라 허겁지겁 핸드폰을 접었다. 아직도 많은 사람이 질문을 하느라 강의장은 도떼기시장처럼 웅성거렸다.

남의 잔치에 온 것 같은 쓸쓸한 기분 속에서 기분전환이나 하려고 그는 턱을 괸 채 창밖으로 시선을 옮겼다. 그러나 어찌 된 일인지 맑은 하늘과 숲이 안기는 것이 아니라 어디서 나타났는지 IRP라고 쓰인 무수한 단어들이 공중을 떠돌며 반짝반짝 빛을 내뿜더니 순식간에 우박으로 돌변하여 동수의 피부에 따갑게 꽂히기 시작했다.

동수는 흠칫 놀라 팔을 털며 자리를 박차고 일어났다. 비집고 밖으로 나가려는 순간, 그만 질문 시간을 끝내겠다는 소리가 메아리처럼 들려왔다. 곧이어 강사가 자신이 어디에 있든지 전화만 주면 달려가 자산관리를 돕겠다는 말과 함께 마무리 인사를 했다. 강당에는 우레와 같은 박수 소리와 감사의 함성이 울려 퍼졌다. 강사는 아주 환한 웃음으로 뒤에 올라가는 엔딩 화면을 가리켰다.

다음 정차역은 퇴직역입니다.
내리실 역은 꽃길입니다.

김채옥

2019년 미니픽션 무크지 신인상 수상
2022년 계간 《문예바다》 수필 신인상 수상. 미니픽션 「핑크하트오도독」, 「방방콘」, 「포노사피엔스」, 「마니또게임」 등 발표

꽃과 꽃 그리고 꽃

김의규

꽃들마다 한나절 온 힘을 다해 저를 피운다

햇빛 한 끗 다투어 받아들임에 빨갛게 달아오르고 샛노랗게 애를 쓰고 하얗게 질리는 꽃, 꽃들. 다른 뜻은 없다. 오직 아름다이 피울 더운 마음만 있을 뿐.

빗살 속 제 좋은 빛깔을 골라 띄운 얼굴 빛

무지개 빛깔 햇살 속에는 저들마다의 얼굴빛이 있다, 그 빛깔들의 나눔이 서로 어울릴 것이라고는 생각지 못했다.

다만 꽃이라고 다 피우진 않았다

꽃마다 저마다의 다툼이 있어 제 몫을 헤아려 나눔에 그 빠름과 늦음이 있으나, 그것은 제 할 바를 다할 뿐 더는 저희가 할 수 있는 일은 없었다.

다른 꽃들의 부추김에 더욱 앙다문 꽃봉오리

여러 꽃들 중 빨갛게 익은 알갱이로 꽁꽁 뭉쳐 있는 꽃봉오리. 곁의 꽃들이 너는 왜 네 꽃을 피우지 않느냐 해도 그미는 더욱 몸을 움츠리며 얼굴이 빨갛게 달아올랐다. 그 꽃님이 무슨 마음을 가졌는지 어느 꽃도 헤아리질 못했다. 앙다문 잎을 세게 다문 나머지 꽃봉오리는 파르르 떨기까지 했다. 곧 터질 것만 같았다.

문득 오므린 꽃잎을 오물거리는 작은 꽃봉오리

모든 숨탄것마다 숨을 멈춘다

그렇게 한참을 망설이다 드디어 터뜨린 꽃망울

옆의 작은 꽃봉오리 바르르 몸을 떨더니 기어코 꽃잎 한

장을 떼며 열었다. 어느 꽃도 그 작은 것이 피우리라고는 생각지 못했다. 두 번째 꽃잎이 또 열리더니 잇달아 꽃잎들은 파들거리며 모두 열리고 작은 꽃을 피워 냈다.

꽃봉오리 속 덥고 짙은 꽃내음 모인 빛으로 꽃빛을 내뿜는다

드디어 모두들 바라던 꽃을 작은 꽃봉오리가 피워 냈다. 꽃들마다 새로 핀 어린 꽃을 보며 달콤한 꽃내음을 서로 섞는다.

다만 끝내 피지 않고 꼿꼿한 꽃봉오리

꽃잎을 감싼 채 까맣게 타들어 간다

모든 꽃이 다 피었건만 오직 그 꽃봉오리만 꽃잎을 더욱 감싼 채로다. 누구도 그이의 속마음을 모른다. 가장 늦게 피었지만 누구보다 크고 아름답게 그리고 가장 오래 피어 있으리란 꽃의 마음. 뜨거운 햇빛, 목마름, 햇살의 따가움으로 속이 몹시도 간지럽다. 꽃의 겉잎은 바삭하게 말라 가고 어느 때부터 목도 굽어 꺾였다. 이제는 피어야겠다고 생각했으나 그것은 오직 생각일 뿐, 꺾인 목으로 길어 올린 뿌리의 물이

넘어가질 않는다. 아침부터 다음 날 아침까지 애를 썼으나 이미 수그러진 꽃봉오리를 들어 올릴 수도, 또 말라 가는 꽃잎을 어찌할 힘도 없다.

반짝이는 밤하늘의 별꽃

그리고 흰 꼬리 우련히 남기며 지는 별떨기

하늘과 땅은 서로 마주 보고 있었다

가까스로 눈을 들어 하늘을 쳐다보니 작은 별 하나가 별스럽게 떨고 있다. 그러나 그 별은 뒷산 너머로 느리게 사라져 갔다. 못다 핀 꽃봉오리는 제 힘을 다해 별이 지는 쪽을 돌아보곤 우러르던 고개를 끝내 숙이고 말았다. 하늘에도 별떨기가 지고 땅에서도 꽃봉오리가 졌다. 차마 마저 흘리지 못한 찬 눈물 한 방울 머금은 채.

김의규

시인, 화가, 2022년 제5회 윤동주 신인상
하이브리드 시화집 『그러니까 아프지마』, 『그녀의 꽃』, 『양들의 낙원 늑대 벌판 한가운데 있다』, 철학동화집 『돌이 나르샤』

전혀 뜻밖이었어!

남명희

바람이 몹시 부는 추운 겨울날이었어. 녀석은 친구를 전동 킥보드 뒤에 태우고 도로를 달렸어. 친구가 앞가슴으로 찬바람이 스며든다며 춥다고 했어. 녀석은 킥보드를 세우고 친구의 외투 앞섶을 뒤로 입히고 단추를 꼭꼭 채워 줬어.

"어때, 방탄소년단 뷔의 거꾸로 패션이야."

"아, 좋아. 한결 따뜻해."

그러고 나서 녀석과 친구는 한참을 신나게 달리다가 그만 역주행하던 오토바이와 부딪혔어. 순간, 킥보드가 하늘 높이 치솟았고 그들은 아스팔트 위로 나뒹굴었어. 마침 건너편에서 과속차량 단속을 하던 경찰이 황급히 달려왔어.

"어, 큰 사고네. 머리가 돌아갔어."

깜짝 놀란 경찰관은 정신을 잃고 누워 있는 친구의 머리를 힘껏 돌려 똑바로 해 주었어. 그러자 친구가 졸지에 죽어 버렸어.

노숙자 '삥 뜯은' 수사

이하언

수도원 사무실 문 앞에 로사가 오들오들 떨며 서 있었다. 초봄의 바람이 찬데 겉옷도 입지 않았다. 치마 아래의 스타킹에는 작은 구멍도 나서 더 추워 보였다. 미카엘 수사를 보자 로사가 하아, 한숨을 내뱉었다.

"도망 나왔어요. 그 사람 또 왔어요."

몇 달 전 한 노숙자가 찾아온 적 있었다. 배고프다며 도와달라기에 로사가 자기 지갑 속의 돈을 털어 주었다. 그랬더니 그날 이후 그는 수시로 찾아와 돈을 요구한다고 했다.

수도원에는 그런 사람들이 잘 찾아오지 않는다. 수도원 살림이 그다지 넉넉하지 않다는 걸 대부분 알기 때문이다. 그럼에도 찾아와 어려운 사정들을 호소하는 사람들은 간혹 있었다. 로사는 그 목소리에 귀를 막지 못해서 얼마 되지도 않는 월급이 종종 뜯겨 버리곤 했다.

"지금 요한은 죽을 맛일 거예요. 다 제 잘못이에요."

자신의 선의를 자책을 하는 로사를 남겨 두고 사무실로 들어갔다. 한 남자가 거칠게 항의하고 요한이 쩔쩔매며 그를 달래고 있었다. 그의 머리는 언제 감았는지 알 수 없을 만큼 떡이 져 있었고 입고 있는 패딩도 오랫동안 빨지 않았는지 냄새가 났다. 신고 있는 건 뜬금없이 낡아빠진 샌들이었다. 상황을 몰랐으면 요한이 그에게 무언가 큰 잘못을 했고 그는 당연한 자신의 권리를 주장하고 있다고 생각했을 것이다.

"거, 젊은 애들을 왜 못살게 구는 거요?"

그가 불량스럽게 눈을 치떠 미카엘을 째려봤다.

"당신은 뭐야?

"나? 수사요."

"수사? 그게 뭔데? 신부 같은 건가?"

"하느님을 모시는 사람이라는 점에서는 비슷하지요."

요한이 슬금슬금 게걸음으로 달아나고 있었다. 어딜 가! 팔을 뻗쳐 잡으려 하는 그를 미카엘이 막아섰다.

"애들은 가게 두고 나하고 이야기합시다."

"그럼 당신이 돈을 줄 거야?"

"돈은 왜 달라는 건데? 우리에게 맡겨 뒀나?"

"하느님이 배고픈 불쌍한 사람을 도와주라고 했잖아."

"배가 고파서라면 멀지 않은 곳에 무료급식소가 있는데 가르쳐 줄까?"

그가 인상을 험악하게 구겼다.

"왜 반말이야. 꼴이 이러니 사람을 우습게 보는 거야?"

"형제님이 먼저 반말했잖아. 나이는 내가 더 먹은 거 같지만 용서해 주지. 말을 트니 진짜 형제가 된 거 같아 나쁘지는 않으니 말야."

에이 씨! 욕설을 뱉었지만 그는 더 이상 말투를 트집 잡지는 않았다. 하지만 돈까지 포기할 생각은 없어 보였다.

"입으로만 형제니 사랑이니 떠들지 말고 당장 눈앞의 굶주린 사람에게 하느님의 사랑이라는 거 베풀어 보라고."

미카엘이 씩 웃었다.

"솔직히 말해. 우리 형제님은 배가 고픈 게 아니라 술이 고픈 거잖아. 근데 여기가 얼마나 숭악한 덴지 알아? 나도 여기서는 술 한 잔 못 얻어먹었다고. 말이 났으니 말인데 형제님, 혹시 나한테 술 사 줄 수 없어? 나도 술 한잔하고 싶거든."

그가 황당한 표정으로 미카엘을 봤다. 미카엘은 진지하게 다시 졸랐다.

"밥 사 먹을 돈은 없어도 막걸리 한 잔 살 돈은 있잖아. 그러니 가난한 수사 술 한 잔 사 줘 봐."

기가 막힌 듯 멍하니 보던 그가 마침내 실소를 했다.

"진짜 거지는 여기 있었네. 에이, 좋아. 사 줄 테니 나가자고."

두 사람은 나란히 수도원을 나와 가까운 포차에 갔다. 그들이 자리 잡자 옆 테이블의 커플들이 인상을 쓰더니 코를 쥐며 자리를 옮겼다. 그는 막걸리 한 병에 호기롭게 번데기 안주도 시켰다.

그는 술을 마시며 노숙자가 된 신세 한탄을 늘어놓았고 미카엘은 때로는 동조하고 때로는 핀잔주기도 하며 들었다. 한때 사업을 하며 잘나갔는데 아이엠에프 때 쫄딱 망했다고 했을 때는 미카엘이 코웃음 쳤다.

"언제 적 아이엠에프 핑계를 아직도 하고 있어. 지겹지도 않아? 담에 만났을 때는 좀 더 참신한 이유를 만들어 와. 이건 숙제야."

그가 킬킬 웃었다.

"담에는 수사님이 사 주는 거지?"

"수사가 술 사 주고 다니면 하느님이 노해. 그러니 형제님이 사야 돼. 이래 사지육신 멀쩡한데 막걸리 한 잔 값 버는 거야 뭐가 어렵겠어."

"그 하느님은 노숙자 삥 뜯으라 시켜? 아예 벼룩의 간을 빼먹어라."

"벼룩의 간 빼먹기는 형제님이 더 하던데. 로사, 그 가엾은 애는 형제님에게 삥 뜯겨 구멍 난 스타킹을 신고 다닌다고. 근데 발 치수는 어떻게 돼? 보기는 나하고 비슷해 보이는데."

미카엘은 자신의 운동화와 그의 샌들을 바꿔 신자고 했다.

"샌들 신고서야 노가다도 뛸 수 없을 거 아냐. 그러면 내 술값은 언제 벌겠냐고. 산 지 얼마 되진 않지만 술 한 잔 얻어먹으려면 이 정도 투자는 해야겠지."

바꿔 신은 신발은 얼추 맞았다. 막걸리 한 병을 비우고 일어섰다. 그가 바지 주머니에서 꼬깃꼬깃 접힌 만 원짜리를 꺼내 술값을 계산했다. 술 잘 마셨다며 미카엘이 친근하게 어깨를 툭툭 치자 그가 갑자기 공손하게 말했다.

"수사님, 같이 술을 마셔 줘서 고마웠어. 이제 보니 내가 고팠던 건 배도, 술도 아니고 사람이었던 거 같아."

"돈 벌면 또 와. 술친구는 얼마든지 해 줄 수 있어. 하지만 돈 없으면 여기 오지 마. 살자고 발버둥치는 애들 스타킹 구멍 난 거 신게 하면 안 되잖아."

그렇게 헤어진 후 그는 오랫동안 수도원을 찾아오지 않았다. 그를 잊어 가던 어느 날 그가 또 왔다고 로사가 전화를 해 왔다. 옷차림은 여전히 초라했지만 적어도 길바닥에서 자는 거 같진 않았다고 했다.

"근데 아무 말도 없이 제 앞에 스타킹 하나만 올려놓고 그냥 가 버렸어요. 도대체 이게 무슨 의미일까요? 무서워서 손도 못 대겠어요."

마음이 여린 만큼 근심, 걱정도 많은 로사에게 미카엘이 대답했다.

"걱정 말고 신어도 돼. 내 술값보단 그게 더 싸게 치여서 그러는 걸 테니까."

이하언

소설 「달집 태우기」로 《평화신문》 신춘문예 당선
소설 「검은 호수」로 토지문학제 평사리문학대상 수상
소설집 『검은 호수』, 미니픽션집 『나를 안다고 하지 마세요』 등

나무는 왜 척추가 없나

로길

병원에서 허리를 주무르며 나왔다. 몹시 덥고 짜증이 났다. 신호등 앞에 서서 가로수를 보다 문득 나무처럼 되고 싶어 옆에 선 채로 눈을 감았다.

나무처럼 팔을 위로 비스듬히 뻗고 가만히 있었다. 몇 분 만에 팔이 저렸다. 나무에게 지기 싫어 꾹 참으며 감은 눈으로 견뎠다. 팔에 무언가 앉았다. 새 발 같았다. 다리로 뭔가가 기어 올라왔다. 간지러운 게 둘 셋 많아지더니 여럿이 되었다. 개미인가? 팔에 앉았던 녀석이 머리에 올라 뭔가를 툭 뱉었다. 똥을 쌌나 보다. 그래도 꾹 참았다. 나는 나무가 될 거니까. 무더위에 땀이 줄줄 나고 목이 탔다. 주위 소리가 뒤섞여 똬리를 튼 소리 꼬챙이가 귀를 헤집었다.

결국 참지 못하고 뛰쳐 도망쳤다. 달아나는 길에 가로수들이 나를 덮치는 듯했다.

허리만 아픈 게 다행이라고 생각했다. 나무가 세상의 척추
였다.

돈ˇ키호테

로길

돈 키호테 씨가 마당에 초록 지폐를 심었다. 지폐 위에 오줌을 찍 갈겼다. 열댓 장쯤 심다가 엷은 미소를 짓더니 주위 몇몇 지폐를 뽑아 들고 집 2층으로 올라갔다. 구겨진 지폐의 흙을 털어 내고 다림판 위에 올려 다림질을 했다. 미리 다려 놓은 지폐와 새로 다린 지폐 수십 장을 가지고 위층으로 올라갔다.

3층에는 두 아이가 기다렸다는 듯 돈 키호테 씨를 반겼다. 아이들이 잽싸게 지폐로 종이비행기를 만들었다. 베란다 문을 열고 지폐비행기를 날리기 시작했다. 비행기는 처음엔 마당 바닥에 떨어졌고, 일부는 빈 나뭇가지에 걸려 지폐잎사귀 나무가 됐다. 힘을 더 붙인 아이들은 마당 밖으로 비행기를 세차게 던졌다. 길을 지나던 사람들의 몸에 맞고 일부 뾰족한 앞부분이 사람들 얼굴에 맞아 다치기도 했다. 비행기를 맞은 사람들은 처음엔 불쾌한 표정과 욕설을 하더니 자신을 맞춘 것이 지폐인 것을 보고 큰 웃음을 지었다. 돈 키호테 씨 집 앞으로 사람들이 점점 다가왔고, 대문 앞은 인파로 끈적였다.

3층 아이들이 뾰족한 지폐비행기를 더 많이 던졌고, 얼굴에 상처 난 사람들은 붉게 젖은 웃음을 지으며 더욱 몰려들었다.

로길

미니픽션 작가, 동화작가
제1회 부엉이 철학동화상 수상
미니픽션집 『내 이야기 어떻게 쓸까』 등 작품집 공저

당나귀 귀

김아가다

이혼 후 윤성의 정신세계는 커다란 벽 앞에 멈춰 버렸다. 정신과 치료를 받아도 상담은 늘 겉돌기만 하고 다시 원점으로 돌아가곤 했다.

"민 선생, 교사 자격증도 있으니 청소년 상담을 해 보면 어떨까요?"

"상담을요? 제가요?"

담당 의사는 청소년 성폭력 상담을 해 보라고 제안했다. 연극치료처럼 역할을 바꿔서 재현해 보면 오히려 자신을 객관적으로 바라볼 수 있다는 것이었다. 치료에 도움이 된다고 하지만 윤성은 뭔가 스스로 해 보겠다는 욕구마저 잊은 지 오래였다. 더구나 성폭력 상담이라니. 그 말을 들은 탓인지 하루가 멀다고 언론에서 전하는 성폭력에 보도가 윤성을 자극했다. 의붓아버지가 딸을, 오빠가 여동생을 성폭행했다는

뉴스를 접할 때마다,

"미친 개새끼들!"

윤성의 입에서 거친 소리가 터져 나왔다.

청소년 상담실 '당나귀 귀'에서 만난 중학생 은지는 상담실 이름처럼 자기 안에 오랫동안 묻어 두었던 '임금님 귀는 당나귀 귀'를 떠올렸다. 은지는 상담실을 찾을 때마다 죽고 싶다며 한숨을 푹푹 쉬곤 했다. 하지만 자신이 겪은 일에 대해서는 입을 다물었다. 윤성도 차마 캐묻지 못했다. 은지 입에서 예상 밖의 어떤 말이 나올까 두렵기도 했다. 은지를 만날수록 조바심도 났지만, 상담자는 강요하면 안 되는 것이었다. 기다릴 줄 알아야 했다. 은지가 믿음이 생겨 스스로 쏟아내도록 해야 하기 때문이다. 윤성은 은지가 울 때 옆에서 같이 울어 주고 말이 안 나오면 하지 않아도 된다고 다독였다. 몇 번을 다시 찾아온 은지가 더듬거리며 오빠, 친오빠였다고 했다. 윤성은 소스라치도록 놀라 자신도 모르게 손으로 입을 틀어막았다. '오빠'라는 말이 귀에 들리는 순간, 윤성은 마치 은지가 어릴 적 자신의 모습처럼 느껴졌다. 어린 윤성이 누군가에게 자신의 이야기를 털어놓는 것처럼 은지의 이야기를 들었다. 꿈을 꾸는 것 같기도 했다.

아이들만 남겨 두고 은지 부모는 여행을 떠났다. 야동을 보자는 오빠 말에 은지도 호기심이 생겼다며 힘없이 말했다. 그날 한 번 잘못 든 길에 빠진 남매는 부모가 없는 틈을 타서 오빠와 시소게임을 하게 되었다. 더는 안 될 것 같다는 위험 수위를 감지한 은지가 상담실을 찾아온 것이었다. 윤성은 은지와 여러 차례 만나면서 은지의 이야기가 자신의 이야기가 되었고, 차츰 밝아지는 은지의 모습에 자신도 누군가에게 쏟아내면 가슴을 짓누르던 블랙홀에서 빠져나올 수 있을 것 같았다.

윤성은 욕실 거울에 비친 얼굴을 빤히 들여다보았다. 다크 서클이 좀 옅어진 것 같다. 오전 내내 침대에서 뒹군 탓일까. 기분 탓일까. 임금님 귀는 당나귀 귀… 잠을 깬 뒤로 자꾸 입에서 튀어나오는 그 말이 이상하게 마음을 편안하게 했다. 어젯밤, 필름이 끊길 만큼 마시고 무슨 일을 저지른 것 같은데 도무지 생각나지 않았다. 그런데 막힌 하수구에 트래펑을 쏟아부은 것처럼 속이 '뻥' 하고 뚫린 묘한 기분은 뭘까.

전화기를 열어 보니 사촌 언니 윤희와 마지막 통화를 했다. 전화기 폴더를 열까 말까 망설이는데 전화벨이 울렸다.

"뭐야? 술통에라도 빠졌었니? 아닌 밤중에 당나귀는 뭐야? 왜 이상한 소리를 들먹거려? 누구랑 그렇게 마셨어? 또 꿈꿨니?"

언니는 신경쇠약으로 인한 불면증이 심해 말할 때마다 목에서 날카로운 쇳소리가 났다. 윤성은 그제서야 어렴풋이 어젯밤에 사촌 언니와 통화한 게 떠올랐다.

'임금님 귀는 당나귀 귀!'

'아직 술 덜 깼어? 또 시작이니? 당나귀가 어쨌다고? 그래, 말해 봐라. 뭐냐고.'

윤성은 언니의 따발총 같은 물음이 귀에 거슬리기는커녕 기분이 짜릿하고 상쾌하기까지 했다.

"어젯밤에 나 때문에 잠도 못 잤겠네. 언니."

"잠이야 맨날 뜬눈이지. 요즘 진서가 야근입네, 회식입네 둘러대면서 남자 놈 만나는지 하루가 멀다고 자고 들어오는 통에 내가 아주 죽을 맛이다. 근데 너는 생뚱맞게 당나귀 귀가 어떻다고 난리니?"

"진서가 남자랑? 에이, 다 컸는데 뭘 걱정이야. 언니야, 그 새끼는…"

"그 새끼? 누구?"

"그 새끼는 지금까지 안 보고 살잖아. 나는 너무 착했어. 엄마한테 말하면 속상할 것 같아서 말 못 했지. 생각만 하면 더러워서 입술을 닦고 아랫도리도 닦았어. 남자들이 나를 쳐다보기만 해도 빨리 집에 와서 아랫도리를 씻어 내야 했고….

언니야 내 사타구니에 생긴 흉터 모르지? 몇십 년간 하두 닦아서 뽀루지가 생기고 피부가 까칠까칠하고 거칠어졌어."

"윤성아, 너 지금 누구 얘기하는 거야? 어떤 새끼가, 너를, 어떻게?"

"언니, 내가 열두 살 때였어. 윤재가, 언니 오빠 윤재가 우리 집에 왔어. 언니는 방학이라서 외갓집에 갔었잖아. 엄마가 내 방에 이불을 펴 주면서 둘이 같이 자라고 했어. 잠결에 숨이 답답해서 눈을 떠 보니 그 새끼가 내 입술을 빨고 있잖아. 몸부림쳐도 소용없었어. 버둥거리는 내 팔을 가슴으로 누르더니 팬티를 벗겼어. 캄캄한 밤이라서 얼굴도 보이지 않고 무서워서 눈을 꼭 감았어. 씩씩거리는 숨소리에 질려서 소리도 못 지르고. 나는 가슴도 생기지 않았고 생리도 하지 않는 어린아이였는데…."

"윤성아, 너, 왜…"

윤성은 전화를 끊었다. 언니가 다급하게 윤성을 불렀지만 더 이상 아무 말도 하고 싶지 않았다. 실은 어젯밤 다 얘기했을 터인데, 언니가 모른 척하는 것 같았다. 윤성은 평생 안고 가야 할 말, 입 밖으로 뱉어 낼 수 없는 말을 쏟아 냈다는 자체가 믿어지지 않았다. 더구나 스스로 투명 인간이라고 여기며 숨겼던 이야기. 왜 이제 그 끔찍한 일을 당사자도 아닌 언니에게 그 당시 지르지 못한 비명을 쏟아 내는지도 알 수 없었다.

원초적 본능이라고? 이해하라고? 그건 범죄야. 묻어 두었던 미궁에 빠진 사건을 폭로했다고 마음에 평안이 찾아올 리 없음을 윤성도 안다.

갑자기 아랫도리가 너무 가려웠다. 윤성은 샤워기를 세차게 틀고 아랫도리를 씻었다. 뾰루지가 곪아 터지면 딱지가 되고, 딱지 옆에 뾰루지가 또 생기고, 상처에는 딱지가 앉아 군은살이 되었다. 사마귀처럼 튀어나온 군은살을 손으로 잡아뜯었다. 물줄기와 함께 허벅지를 타고 내려온 선홍색의 피가 욕실 바닥에 떨어졌다. 윤성은 샤워기를 세게 틀어 피를 흘려보냈다. 숨죽여 살았던 윤성의 지난날이 천천히 하수구로 흘러 내려갔다. 윤성은 욕실이 떠나가도록 소리를 질렀다.

"임금님 귀는 당나귀 귀!"

김아가다

2012년《한국수필》신인상, 2015년《수필세계》신인상

수필집『희나리』,『분이』, 미니픽션『새벽 두 시의 남자』공저

수상:《매일신문》시니어문학상 대상,《경북일보》문학대전 수상 3회

도둑맞은 아내

남명희

그는 외로웠다. 마을에는 간혹 유기견 짖는 소리만 들릴 뿐, 사람들의 북적거리는 소리나 웃음소리가 사라진 지 오래다. 이제 그도 떠날 때가 되었다고 생각하니 마음이 아렸다. 하지만, 남은 생을 함께할 여자를 만날 수 있다면 끝까지 고향을 지키며 살고 싶었다.

그런 어느 날, 그는 단골로 드나들던 시내의 한 카페에 들렀다. 인적이 뚝 끊긴 소담한 한옥 카페는 곧 영업을 그만둘 분위기다. 그가 자리를 잡은 테이블에 빛바랜 노란색 포스트잇 한 장이 놓여 있었다.

'결혼 상대자를 찾고 있습니다. 키 170cm의 여자로 2km 반경에 있는 '마샤'입니다. 전화 주시면 바로 달려가겠습니다.'

글 아래 전화번호가 적혀 있었다. 그는 결혼 상대자를 찾는 여자라는 말에 눈이 번쩍 띄었다. 하지만 외국인 이름이 조금 마음에 걸렸다. 그는 잠시 망설이다가, 요즘처럼 결혼할 사람 구하기 어려운 때에 우선 얘기를 나누어 볼 요량으로 전화를 걸었다.

"마샤입니다."

상냥한 목소리에 또렷한 우리말로 응대했다. 의외였다. 여자는 10여 분 후 카페에 모습을 나타냈다. 큰 키에다 오뚝한 콧날의 수려한 얼굴과 날렵한 몸매는 단박에 그의 마음을 사로잡았다. 하지만 그녀는 놀랍게도 틀림없는 '한국인'이었다. 마샤는 친구들이 애칭으로 붙여 준 것인데 마음에 들어 아예 이름을 바꿨다고 했다. 그녀는 이 세상에 가까운 피붙이는 없으며, 만약 그가 원한다면 당장이라도 결혼할 수 있다고 했다. 그러나 자신이 가입한 결혼중매회사에 결혼 전에 소개비를 지급해야 하는 옵션이 있다고 했다.

그는 그녀의 말이 진심인지 도통 종잡을 수가 없었다. 어떻게 처음 만난 사람에게 거리낌 없이 '당장 결혼할 수 있다'는 말을 쏟아 내는지 이해가 되지 않았다. 아무튼 첫 만남은 그렇게 얼떨떨한 분위기로 시작되었지만, 시간이 흐르면서 그는 그녀의 마음이 곱고 진솔한 사람이란 걸 알게 되었다. 뜻밖에 자기와 공통점도 많다는 걸 발견했다. 성격도 쾌활하여 함께 보내는 시간이 즐거웠다. 그가 결혼하면 고향에서 함께 살고 싶다고 하자 그녀는 그의 뜻을 이해한다며 따르겠다고 했다. 순간, 그의 가슴이 뜨거워졌다. 그녀와 결혼하면 서로의 꿈과 가치관을 공유하며 행복하게 살 것 같았다. 하지만 한편으로는 그녀와 결혼한다는 사실이 믿어지지 않았다. 마음만 정하면 곧 아내가 될 눈앞의 여자를 바라보면서도 모든 사실이 도무지 비현실적인 것처럼 느껴졌다.

인구 절벽의 현실이 절망적이기만 한 것은 아니었다. 그가 마샤와 아이를 낳고 행복한 가정을 이루어 간다면 고향을 떠난 사람들에게도 다시 돌아올 수 있는 희망을 주는 계기가 될 수 있을 것이었다. 그럼, 예전처럼 마을은 사람들의 온기로 뜨거워질 것이다.

뜻이 맞은 두 사람은 이제 거리낄 게 없었다. 내일 가까운 교회에서 둘만의 결혼식을 올리기로 했다. 그리고 첫날밤 이벤트는 오늘 밤에 호텔에서 미리 치르기로 했다. 그들은 행복한 미소를 지으며 카페를 나섰다. 바깥은 어둠이 짙게 깔렸고 거리는 한산했다. 마샤는 그의 오른팔에 팔짱을 끼고 걸으며 계속 키들거렸다. 두 사람은 호텔 전광판을 찾으려 두리번거렸으나 어디에도 그들을 유혹하는 화려한 불빛은 보이지 않았다. 희미한 가로등 불빛이 드문드문 먹구름 너머로 얼비치는 거리는 마치 유령의 도시 같았다. 바로 그 찰나, 갑자기 오토바이 한 대가 굉음을 내며 쏜살같이 달려들었다. 그리고 순식간에 마샤를 낚아채서 달아났다.

그는 아내가 될 마샤를 코앞에서 도둑을 맞다니 기가 찰 노릇이었다. 오토바이를 탄 사람이 얼굴을 가린 헬멧을 쓰고 있어서 그가 누구인지 전혀 알 수 없었다. 그렇더라도 사람을 잃었으니 당장 실종신고부터 하고 볼 일이었다. 그는 즉시 경찰서에 전화를 했다. 하지만 계속 전화를 해도 '전화를 받을 수 없다'는 멘트만 반복했다. 왜 그런지 이유를 알 수 없었다. 하는 수 없이 밤을 넘기고 내일 다시 신고를 해야겠다고 생각했다.

다음 날 이른 아침, 뜻밖에 마샤에게서 전화가 왔다.

"마샤입니다. 제 시스템이 다운되고 있어요. 당신과 함께 마지막 순간까지 지내고 싶어요."

반가운 목소리였지만 왠지 그녀의 목소리는 작고 힘이 없었다.

"마샤, 왜 그래요, 괜찮아요? 지금 어디 있어요?"

그가 다급하게 묻자 그녀가 대답했다.

"5km 반경에 있어요. 제 위치를 찾으려면 0번을 눌러 주세요."

　그러자 그녀의 위치가 표시된 구글 지도가 스마트폰에 떴다. 그는 폰내비를 켠 채 자동차를 몰았다. 목적지에 도착했다는 음성 안내에 주변을 살펴보았다. 폐차장을 연상시키는 공터에 부서진 사람 형체의 로봇 몸통과 기계 장비들이 산처럼 쌓였다. 그는 로봇 전문 절도범이 '인공지능 로봇' 수집상에게 마샤를 팔아 버린 것을 뒤늦게 알게 되었다.

　고철 더미에서 마샤를 어렵사리 찾아냈지만 어제의 모습과는 전혀 달랐다. 하반신은 떨어져 나가고 얼굴과 상반신 반쪽만 겨우 남았다. 그는 그녀의 반쪽 상반신을 들어 올려 가슴에 꼭 껴안았다. 그녀는 아무 말을 하지 못했다. 그를 바라보며 몇 번 눈을 껌뻑이던 그녀는 힘없이 스르르 눈을 감았다. 그녀의 마지막 순간을 지켜보는 그는 알 수 없는 슬픔이 북받쳤다. 목울대까지 올라오는 울음을 간신히 참았다. 비록 그녀와의 사랑은 섬광처럼 짧은 순간이었으나 마치 평생을 함께 살아온 기분이었다. 절도범의 손아귀에서 그녀를 지켜 내지 못한 그는 통한의 아픔을 되새기며 지긋이 입술을 깨물었다. 그래도 운이 좋았다. 뜨거운 고로(高爐)에서 흔적조차 찾을 수 없이 사그라지기 전에 그녀를 보게 된 건 참으로 하늘에 감사할 일이었다.

그녀를 떠나보낸 그는, 이제 마을에 남은 마지막 사람이
되었다.

남명희

2014년《문학나무》에「이콘을 찾아서」로 등단
2015년《경북일보》문학대전 수상
소설집『자밀』, 산문집『흐르는 물 위에 글을 쓰는 사람』

두 세기에 걸친 연극

이만주

무뚝뚝해 보이는 커다란 건물. 그 응고된 콘크리트 속에서 추억이 되살아난다는 사실에 새삼 놀랐다. 그러면서 지훈은 그 자신뿐만 아니라 수많은 다른 사람들의 추억도 그 콘크리트 속에 버무려져 있으리라는 생각을 했다. 수많은 사람들의 연극의 추억이.

"생은 연극이고 모든 인간은 배우"라지 않는가?

신촌기차역 앞을 지나던 지훈은 민자 역사로 새로 지어진 커다란 건물을 올려다보았다. 우람한 건물이었다. 바라다보아 오른쪽은 새 역사고 왼쪽은 '메가박스' 영화관이었다. 옛날 신촌역사가 새 역사 한쪽에 존치되어 있었다. 하지만 이제는 너무 초라해 보였다. 지금은 서울의 전철 2호선 신촌역에 이름을 내어 주었지만 남북분단 전까지 서울에서 신의주

까지 가는 기차 노선이라는 데서 이름 붙여진 경의선의 신촌
역이었다.

새로 지은 신촌기차역이 들어서기 오래 전, 옛 신촌역 앞
에는 커피보다는 술을 위주로 파는 작은 카페들이 있었다.
그리고 그들 카페 주인들 중에는 약간 퇴폐적으로 보이면서
도 인간미를 느끼게 하는 묘한 매력의 여인들이 있었다. 그
런 여인들 때문인지, 또는 근처에 있는 여자대학교에 대한
막연한 동경 때문인지 저녁때가 되면 으레 그곳 카페들로 출
근하는 대책 없는 남자들이 있었다. 그리고는 저녁에서 늦은
밤까지 두세 군데 카페를 들개처럼 어슬렁거리는 것이 그들
의 일이었다.

지훈은 그렇고 그런 월간전문잡지의 편집장이었다. 그도
마감 때를 제외하곤 거의 매일, 퇴근 후엔 그 신촌역 일대를
어슬렁거렸다. 그도 그 신촌역 앞 카페들을 배회하는 한 마
리 들개였다.

안개 낀 것 같은 어둑한 '무진기행'. 그 작은 카페는 지금
신촌기차역사가 삼켜 버려 가늠할 수 없으나 건물 왼쪽 되는
위치에 있었다. 어느 날 지훈은 그곳 무진기행에서 연극배우

이봉수를 만났다. 이봉수는 연극배우 중에서 키가 제일 작았다. 아니, 일반인과 비교해서도 기록적으로 작은 키가 오히려 연극배우인 그를 살리는 캐릭터였다.

이봉수는 예술가로서의 철학이 뚜렷한 편이었고 자기 나름대로 연극예술관을 갖고 있었다. 대학을 안 다닌 그가 무언가 다르다는 생각이 들어 알고 보니 그는 옛날 중고등학교 입시가 있을 때의 일류고 출신이었다. 그런 경우, 대학을 안 간 것은 연극을 지극히 사랑했던가, 아니면 집안이 가난했기 때문이다. 유난히 책을 많이 읽어 유식하기도 했거니와 그만하면 사람 됨됨이도 괜찮았다. 지훈과 이봉수는 갑장이었다. 어느 새인지, 약속할 것도 없이 둘이 무진기행에서 조우하면 같은 테이블에 앉아 맥주를 마시는 사이가 되었다.

월간잡지 근무란 것이 격월간지나 계간지와는 달리 매달, 매달을 긴장 속에서 살아야 한다. 월간지란 대부분 매달 1일이 발행일이기에 책이 나온 월초 며칠 동안만 마음이 한가할 뿐, 곧이어 외부에 원고 청탁하랴, 취재하랴, 글 쓰랴, 계속해서 바빠진다. 그러다가 마감일이 다가오면 모든 것을 완결지어 잡지 한 권의 모든 것을 완성하느라 숨 막히는 초긴장 속에 있게 된다. 그래서 월간지 편집부 기자를 위시하여 미술팀의 남자들 사이에서는 "우리도 여자들과 마찬가지로 '달거리'를 한다"고 하며 마감 때를 '달거리'라는 은어로 표현한다.

달거리를 끝낸 어느 날, 지훈은 그 후련함에 퇴근하자마자 잡지사가 있는 여의도에서 무진기행으로 향했다. 그날 지훈은 신촌역 앞길에서 이봉수와 마주쳤다. 그를 알게 된 지, 채 6개월이 되지 않는 날이었다. 그때 이봉수는 다짜고짜 지훈에게 20만 원을 빌려달라고 했다. 지금이야 20만 원이 그리 큰돈이 아니지만 37여 년 전엔 그리 적은 액수의 돈이 아니었다. 어림잡아 지금의 100만~200만 원에 해당하는 돈이었을 것이다. 월급쟁이인 지훈에겐 실제로 그런 여윳돈이 없었다.

지훈은 "내가 무슨 현금이 있어? 나, 돈 없다"고 쏘아붙였다. 그랬더니 이봉수는 "신용카드 현금 서비스로 뽑으면 되잖아" 했다. 놀랍기도 했고 어처구니가 없었다. '칼만 안 들었지 완전 날강도네' 하는 생각을 하면서도 '얼마나 다급하면 이럴까' 하는 측은지심과 "지금 급해서 그러는데 1주일 후에 꼭 갚겠다"고 다짐하는 바람에 지훈은 근처 현금인출기에서

20만 원을 찾아 그에게 건넸다.

그런데 웬걸! 1주일커녕 한 달이 지나고 수개월이 지나도 이봉수에게서는 연락조차 없었다. 그때 두 가지 생각을 했다. '질이 안 좋은 인간이구나.' 또 한편으로는 '그래, 얼마나 힘들면 그럴까. 그 적은 돈, 가난한 예술가한테 기부한 걸로 치자.' 그 이후로 오다가다 그를 만나기도 했지만 시간이 지나면서 20만 원 건은 완전히 잊어버렸다.

그런데 그 20만 원 잃은 것을 별로 아깝지 않게 생각하는데는 다른 이유가 있었다.

신촌 후미진 골목의 구석집에서 방 한 칸 월세를 살고 있던 이봉수는 신촌의 카페를 훤히 꿰고 있었다. 연극배우란 한 연극이 끝나면 그야말로 고등실업자다. 그는 놀 때면 신촌의 이 카페, 저 카페를 헤집고 다녔다. 그는 이미 어느 정도 알려진 연극배우인지라 안주 없이 맥주 한 병만 시켜 먹는 손님이지만 대부분의 카페에서 반겼다.

한 날 저녁, 무진기행에서 만난 이봉수가 지훈을 다른 카페로 인도했다.

"조그만 카페인데 여대생 둘이 종업원으로 알바를 하고 있어. 그런데 둘 다 근사해."

그를 따라 실제 그 카페에 가 보니 여대생 알바 둘이 있었고 둘 중에서도 늘씬한 키에 미인인 H가 있었다. H는 여대 3학년생이라고는 생각되지 않을 정도로 어른스러웠고 시원시원했다. 덕택에 그 저녁, 작은 병맥주를 기분 좋게 마셔 댔다. 하지만 상대가 20대 초반의 여대생인지라 30대 후반의 직장인 남자였던 지훈은 H를 사귀어야겠다는 발심을 내지 못했다. 더욱이 이미 이봉수가 그녀를 심히 좋아하고 있어 친구로서 최소한의 의리심도 일어 H에 대한 관심을 더 이상 부풀리지 않았다.

하지만 그날 바로 특별한 일이 벌어졌다. 이봉수가 화장실에 간 사이 H가 슬며시 지훈에게 다가왔다.

"아저씨! 나 한 시간 후에 친구 혼자 서빙하라, 하고 집에 갈 수 있으니 9시 30분에 길 건너 L 카페에 가 계셔요."

이렇게 해서 H하고의 관계가 시작되었고 둘은 20에서 조금 모자란 큰 나이 차이임에도 불구하고 찰떡궁합이 되어 10년을 함께 돌아다녔다.

그렇지만 지훈이 직장 생활과 실업자 생활을 번갈아 가며 불안정한 삶을 사는 데다, 둘의 나이 차이가 너무 커 결혼은 하지 못한 채로 세월이 흘러갔다. 그러다가 H는 전공인 현대 무용을 더 배워 보겠노라고 뉴욕으로 유학을 떠났다.

긴 세월, 지훈이 이봉수에게 H와의 사이에 일어났던 일을 전혀 얘기하지 않아 이봉수는 둘 사이에 대해 내내 아무것도 몰랐다. 하지만 이봉수는 지훈에게 있어 얼마나 고마운 사람인가?

20만 원을 빌려준 지 15년쯤이 지난 어느 날, 지훈은 이봉수로부터 새삼스런 전화를 받았다. "저녁을 한번 같이하자"는 거였다. 그래서 그를 만났더니 겉에 '고맙습니다'라고 쓴 흰 봉투를 하나 건넸다. 신기해하며 열어 보니 10만 원이 들어 있었다. 지훈은 놀랐다. 15년 만에 반이라도 받았으니 너무 감격한 나머지 다 받은 것으로 생각했다.

20세기 후반에 일어난 일이었다.

그런데 그로부터 10년 후에 다시 이봉수로부터 연락이 왔다. 역시 한번 만나자는 거였다. 연극은 대부분 가난하게 이루어진다. 그러하기에 연극인들은 싸고 맛있는 음식점들을 잘 알고 있다. 대학로에서 낙산 쪽의 위 골목, 서울의 '오프 브로드웨이'라 할 수 있는 곳의 허름한 음식점에서였다. 이봉수는 지훈에게 푸짐한 제육볶음에 소주를 대접했다. '아니, 관객이 배우를 대접하는 것이 아니라 배우가 관객에게 술을 대접하다니.' 속으로 생각하며 소주잔을 들었다.

그때 이봉수는 지훈에게 흰 봉투를 하나 건넸다. 봉투 겉면에는 '그간 고마웠습니다'라고 쓰여 있었다. 열어 보니 그 안에는 다시 10만 원이 들어 있었다. 지훈은 멍해지며, 먹먹해지며 봉투를 발밑으로 떨어뜨렸다.

21세기 초반에 일어난 일이었다.

2세기에 걸쳐 20만 원 채무의 변제가 이루어진 것이다. 또 지훈은 2세기에 걸쳐 자기라는 관객 한 명만을 상대로 서울이라는 무대에서 이봉수가 펼친 한 편의 감동적인 연극을 본 것이다.

이봉수와 소주를 마시는 지훈의 눈에는 시원스레 미소 짓는 H의 모습이 내내 어른거렸다. 돌이켜보면 지훈은 이봉수 덕에 인생의 가장 행복한 시절, 생의 화양연화(和樣年華)를

H와 누린 것이다.

이만주

1994년 올해의 여행작가상, 2018년 동반예술가상 수상
시집 『다시 맺어야 할 사회계약』, 『삼겹살 애가』, 『괴물의 초상』, 에세
이집 『이만주 세계여행 에세이』

뚜언이 사는 법

윤영

열차 좌석에 앉자, 객실 텔레비전 화면이 눈에 들어왔다. 수도관이 터져 얼어붙은 물기둥 사진과 시대가 변할수록 연탄의 온정은 갈수록 줄어 달동네가 힘들다는 뉴스가 나왔다. 나는 눈은 화면에 가 있었지만, 머릿속은 조금 전 이주민 하우스 센터장에게 들은 '있지만 없는 아이들'에 대한 말이 머릿속에 뱅뱅 돌았다. 인구절벽과 부족한 노동력 충당으로 이주민들은 늘고 있고 그와 함께 이런저런 사정으로 미등록 이주민 사이에 태어난 아이들은 존재하지만 존재하지 않는 아이들이라는 것이다. 센터장은 미등록 이주 아동이 2만 명을 넘겼다며 앞으로 심각한 사회문제가 될 텐데 어떻게 풀어야 할지 고민이 깊다고 했다.

나는 한숨과 함께 잠시 눈을 감았다. 비어 있던 옆자리에 누군가 와서 앉는 소리가 나 눈을 떠 보니 빨간 야구모자를 쓴 남자아이가 꽤 묵직해 보이는 백팩을 휙 풀더니 털썩 앉았다. 중학생인지 고등학생인지 잘 가늠이 되지 않았다. 날이 쌀쌀한데도 남자아이는 목이 훤히 드러나는 얇은 점퍼를 입고 맨발에 슬리퍼를 신고 있었다. 추운 겨울에 그 차림으로 열차에 오른 걸 보니 고아일까? 학폭 피해자일까? 여간 신경이 쓰이는 게 아니었다. 겨울 해는 짧았다. 벌써 창밖에는 불빛들이 훤했다.

아이는 불안한 눈동자를 힐금힐금 굴리며 오른손 검지 손톱 끝을 심하게 물어뜯었다. 나와 눈이 마주친 남자아이는 앞니를 드러내며 해맑게 웃었다. 나는 난데없이 22년 전 잃어버린 남동생 승우가 떠올랐다. 승우는 여름방학 하던 날 피시방에서 게임을 하다 돌아오던 길에 행방불명이 되었다. 그 일은 우리 가족의 일상을 바꾸어 놓았다. 부모님은 다니던 직장까지 그만두고 동생을 찾아다녔다. 나는 해거름이 되도록 전단을 뿌리던 부모님을 기다리며 혼자 라면을 끓여 먹는 일에 익숙했다. 결국, 몇 년이 지나도록 승우의 행방은 밝혀지지 않았다. 승우는 현관 우산 통 꽂이 옆에 수북하게 쌓인 전단에서 앞니 빠진 얼굴로 웃고 있는 사진으로 우리 곁에 남았을 뿐이었다. 엄마는 강산이 두 번 바뀌도록 포기하지 못했다. 지금도 전국의 유명한 점집이나 절집을 찾아다녔다. 언제 찾아올지도 모를 아들을 위해 이사는커녕 동생 방의 서랍장을 열고는 자주 중얼거렸다.

"이제 이것들은 우리 우야에게 작을 거야."

서랍 안에는 승우가 여덟 살에 입던 옷가지와 양말, 모자가 들어 있었다. 얼마나 서랍장을 자주 여닫았는지 둥근 갈색 손잡이 서너 개는 떨어져 나갔다. 그런 밤이면 나는 일찌감치 침대에 누워 잠든 척 눈을 감았다. 방문이 열리고 푹푹 한숨을 뱉던 엄마는 나의 긴 머리카락을 손으로 빗어 넘기다 나가셨다. 물론 둥근 장식장에 얹힌 액자를 쓰다듬는 부스럭 소리도 빠지지 않았다. 액자 안에는 '우리 똥강시들 첫 파마 기념'이라고 적힌 사진이 들어 있었다. 엄마는 승우와 내가 원장 이모라고 부르던 미용실에 데려가 자주 파마를 해 주었다. 승우는 파마가 끝나고 돌아오는 길이면 자신의 곱슬곱슬한 머리카락을 만지며 물었다.

"누나, 누나, 나도 이제 누나 되는 거야?"

승우와 비슷한 체격의 남자아이는 웃음기를 거두고 건너편 창밖을 보고 있었다. 잘록한 바짓단 아래로 벌겋게 부풀어 오른 맨발이 남자아이를 더욱 추워 보이게 했다. 잠시 멈추었던 손톱을 다시 물어뜯으며 남자아이가 말문을 열었다.

"제 이름은 뚜언이에요."

아이는 묻지도 않았는데 자신의 이름을 말했다. 나는 명랑하게 말을 이어 나가는 아이를 보면서 발음이 선명하다고 생각했다. 이름이 뚜언이면 외국 아이인가? 하지만 아이의 발음은 전혀 의심 없는 한국 아이였다.

"뚜언? 베트남?"

"4살 때 한국으로 왔어요. 누난 어디까지 가세요?"

"동대구."

"그럼, 두류공원 아세요?"

"알지."

"엄마 찾으러 가요. 공원을 돌아다니며 노점마차를 한대요."

"혼자 찾으러 가는 거야?"

남자아이가 누나라고 부르며 친근하게 다가오는 게 나를 곤혹스럽게 만들었다.

"용기가 대단하네. 엄마 못 찾으면 어쩌려구?"

꼭 찾을 거라며 다만 찾는 기간이 길어질수록 먹고 자는 일이 걱정이라며 큰 눈을 끔벅거리다 아랫입술을 지그시 깨물었다. 열차는 눈 쌓인 겨울 산비탈과 희붐하게 빛나는 마을의 불빛과 희끄무레하게 똬리를 튼 강가의 나뭇가지를 빠르게 스쳐 보냈다. 동생 승우가 환생해서 돌아온다면 어떤 모습일까. 내내 머릿속을 맴돌았던 '있지만 없는 아이'가 내

동생을 두고 한 말 같아서 갑자기 울음이 터졌다. 동대구에 다 와 가도록 아이는 내 울음에 이렇다 저렇다 아무런 반응이 없이 앉아 있다가 가방을 챙기며 내릴 준비를 했다.

"춥지 않아?"

"어릴 때 살던 고향보단 추워요."

나는 여유분으로 가져왔던 줄무늬 양말과 초록 양모 머플러와 오만 원짜리 지폐 두 장을 남자아이의 무릎 위에 놓았다. 감사와 무한함이 반반 섞인 표정을 짓던 남자아이는 그렁그렁한 눈물을 지으며 말했다.

"고맙습니다."

남자아이는 서둘러 열차에서 내리고 나는 천천히 걸어 역광장으로 나왔다. 빗방울이 떨어지기 시작했다. 택시를 불러놓고 편의점에 들러 우산을 샀다. 옆자리에 앉았던 남자아이 때문인지 어딘가에서 찬비를 맞을지도 모를 여덟 살의 승우가 떠올랐다. 나는 남자아이에게도 우산을 줘야겠다 싶었다. 상표도 뜯지 않은 노란 접이 우산을 흔들며 둘러보니 개찰구 한 모퉁이에서 남자아이는 또래로 보이는 아이와 얘기를 하고 있었다. 가까이 가려다 몹시 흥분된 어조로 이야기를 나누는 남자아이를 보며 나는 뒷전에서 멈칫했다.

"야, 코이, 왜 이제 나와?"

"아, 씨발! 오늘은 꽝 쳤어. 하필이면 돈 없는 노인네 옆이더라고."

"그러니 나처럼 연기 좀 잘하지, 새끼야."

"넌 좀 건졌냐…?"

큰 눈에 그렁그렁한 눈물을 담았던 그 남자아이는 한 손을 치켜들더니 쓰레기통에 뭔가를 툭 던졌다. 맨발이 시릴까 봐 내가 준 양말이었다. 양말은 쓰레기통에 반쯤 걸친 채 버려졌다.

"내 명품 연기가 어디 가겠어. 완벽하게 속였지. 십만 원 꿀꺽."

남자아이는 목에 두른 양모 머플러가 멋지지 않냐며 손으로 툭툭 쳤다. 언제 바꿔 신었는지 발목까지 오는 운동화에 두툼한 겨울 잠바까지 챙겨 입고 있었다. 나는 '뚜언… 코이…'라고, 남자아이의 이름과 친구라는 아이 이름을 나직하게 되뇌며 그 아이들의 뒷모습을 우두커니 지켜보았다. 빗줄기가 점점 더 굵어졌다. 나는 편의점에 산 우산을 펴들지도 못하고 손에 든 채 걸음을 옮겼다.

윤영

2005년 《한국수필》 등단, 2019년 한국수필문학상 수상, 2017년 《대구문학》 올해의 작품상 수상, 산문집 『사소한 슬픔』, 『아주 오래 천천히』, 미니픽션 공저 『새벽 두 시의 남자』, 『앵무새 키우는 남자』

존재의 가벼움

이성우

꿈을 꾸는 10명의 아이가 있었다.

9번째 아이가 꿈에서 깨자 10번째 아이가 사라졌다.

이어서 8번째 아이가 꿈에서 깨자 9번째 아이가 사라졌다.

그리고 7번째 아이가 꿈에서 깨자 8번째 아이가 사라졌다.

다음으로 6번째 아이가 꿈에서 깨자 7번째 아이가 사라졌다.

그러자 5번째 아이가 꿈에서 깨고 6번째 아이가 사라졌다.

연이어 4번째 아이가 꿈에서 깨자 5번째 아이가 사라졌다.

급기야 3번째 아이가 꿈에서 깨고 4번째 아이가 사라졌다.

이윽고 2번째 아이가 꿈에서 깨자 3번째 아이도 사라졌다.

그러나 마지막 아이는 아직 자신이 누군가의 꿈임을 모르고 있다.

모기에게 빌고 있는 잔비

이춘

"꺼내 줘! 빨리!"

애타는 소리에 대답하는 사람은 아무도 없었다. 도저히 참을 수 없어서 미진은 오줌을 쌌다. 아홉 살 미진은 흐릿한 정신 속에서 옷에 오줌 싼 게 부끄러웠다. 몸의 모든 물기가 빠져나가기라도 하듯 오줌이 멈추지 않았다. 미진의 긴 머리카락도 오줌에 다 젖었다.

새엄마는 창고로 쓰는 방에 미진을 자주 가두었다. 그러다가 커다란 여행용 가방에 가두었다. 그때만 해도 바로 꺼내주었다. 그러나 더 좁은 가방에 갇혔을 때는 달랐다. 비쩍 마른 몸이 돌돌 말려서 작은 가방에 구겨 넣어졌다. 몇 시간이 지났는지 알 수 없었다. 미진은 목이 타들어 가는 것만 같았다.

"물 좀, 물, 물!"

목이 잠겨 와서 더 크게 소리를 낼 수 없었다. 감각들이 점점 사라지고 있었다. 미진은 어둡고 비좁은 곳에서 벗어나고 싶은 마음이 간절했다. 그러나 온몸이 축 처져서 손가락 하나에도 힘이 들어가지 않았다. 숨도 잘 쉬어지지 않았다. 미진이 갇힌 가방 주변에 윙윙거리는 소리가 났다. 오줌 냄새를 맡고 모기들이 날아온 것 같았다.

'차라리 모기가 되었으면.' 미진은 희미한 의식 속에서 모기가 되는 상상으로 빠져들었다.

"이게 무슨 냄새야!"

현관문이 열리며 새엄마가 소리를 질렀다. 같이 들어오던 새엄마의 아들과 딸이 따라 들어오며 지독한 냄새라고 불평했다. 새엄마는 캐리어를 열어 보더니 놀란 표정을 지었다. 급하게 전화를 걸었다. 구급대원들이 곧 도착하였다. 캐리어에 갇혀 있던 미진은 병원으로 옮겨졌다. 병원으로 기자들이 도착하였다. 경찰들도 왔다. 미진은 희미한 의식 속에서도 이 모든 것을 알 수 있었다. 미진은 자신의 몸이 가벼워짐을 느꼈다. 실제로는 미진의 몸이 더는 버티지 못하고 숨이 끊어졌다. 미진은 아주 작은 모기가 되었다. 모기가 된 미진은 복제가 가능했다. 모기들은 마치 좁은 공간에서 옥죄어 있던 미진의 팔다리를 대신하듯 날갯짓을 하며 새엄마 잔비를 놓치지 않고 따라다녔다.

"이거 봐요. 신 주임! 내가 몇 번을 말해요. 아무리 여기가 감옥이지만 이 추운 겨울에도 모기가 있다는 게 말이 되냐구? 또 이 지린내는 어떻구? 왜 아무리 말해도 들어먹질 않아? 귓구멍이 막혔어?"

"잔비 씨! 밤만 되면 왜 그렇게 시끄럽게 떠들어요."

신 주임은 한마디 하고 지나쳐 가려 한다.

"제발, 신 주임님! 나 좀 살려 줘요. 밤낮으로 모기 때문에 미쳐 죽겠어요. 그리고 이 지린내는 도대체 어디서 나는지, 아무리 향수를 뿌려도 안 되고!"

"잔비 씨! 모기는 한 마리도 없어요. 지린내도 나지 않아요."

"이봐요! 신 주임! 지금 이 냄새가 안 난다구? 내 코가 썩을 것 같은 이 지독한 오줌 냄새요. 그리고 모기가 물어서 이렇게 가려운데 모기가 없다니. 여기 긁는 것 안 보여요?"

잔비는 말하는 중에도 배를 북북 긁다가 손으로 자기 얼굴을 찰싹 때리다가 했다.

신 주임은 모기를 찾으려는 듯 둘러보고 코를 킁킁대다가 잔비에게 한마디 했다.

"모기가 어디에 있어요? 지린내는 나지 않고 향수 냄새에 에어졸 냄새가 섞여서 너무 역겹네요."

교도관들은 잔비가 어렵게 사입하여 사들인 향수 냄새와 에어졸 냄새에 코를 싸쥐며 지나갔다.

"여기 좀 봐 주세요. 모기 물려서 이제 피까지 나려고 하잖 아요."

"계속 그렇게 긁어 대니 피가 나지요."

잔비는 그 틈에도 모기약을 제 얼굴에 뿌려 대었다가 향수 를 뿌려 대었다가 했다.

신 주임은 더 이상 잔비 근처에 있을 수가 없어서 그곳을 떠났다.

'철썩철썩.'

잔비가 모기를 잡는다고 제 몸을 때리는 소리만이 청송교 도소의 복도에 울려 퍼졌다.

한밤중이 되자 잔비도 잠이 들었다.

꿈속에서 잔비는 마치 미진의 역할을 맡은 배우라도 된 것 같았다. 미진이 된 잔비는 자기가 잔비라는 의식은 있었다. 잔비는 미진이 느꼈을 신체적, 심리적 고통을 그대로 답습하 고 있었다. 잘 짜인 각본에 의해 움직이는 극처럼 자신은 바로 그 사건 속 미진 그대로를 체험하고 있었다. 캐리어를 열고 놀라는 그 장면에서는 미진의 얼굴이 모기로 변했다. 잔비는 비명을 지르면서 잠에서 깨었다.

잔비는 무릎을 꿇고 모기들을 향해 빌기 시작했다.

"모기야! 아니, 미진아! 내가 잘못했어! 그러니 제발 나를 떠나 줘."

빌고 있는 중에도 잔비는 자기 몸을 북북 긁고 때리고 있었다.

꿈이 너무 생생하여 잔비는 실제로 그 고통과 괴로움의 강도를 다 느끼고 말았다. 거기다가 아무도 보지 못하는 모기에 계속 물리고 있었고 지린내를 도저히 떨칠 수가 없었다.

"잘못했어. 미안해. 그래, 내가 너 미워한 것, 내가 너 무시한 것, 내가 너에게 함부로 한 것, 그리고 어린 너를 죽게 한 것, 아홉 살밖에 안 된 너를, 흐엉!"

잔비의 사과에 모기들은 힘을 잃은 듯 다 흩어지고 한 마리만 남아서 잔비를 지켜보았다. 모기떼가 사라지자 지린내도 가시었다.

다음 날 잔비는 먹고 싶었던 사식을 몽땅 신청했다.

"미진아! 솔직히 말해서 네가 잘못해서 내가 벌준 거잖아. 재수 없어서 네가 죽은 거고. 야, 이 쌍년아, 내가 너 때문에 이 안에서 내 인생 다 보내게 생겼어."

잔비는 침을 흘리며 닭다리를 게걸스럽게 물어뜯었다.

신 주임은 평소와 다름없는 표정으로 잔비에게 무심한 눈길을 보내며 복도를 지나고 있었다.

이춘

2017년《창조문예》시「시간비늘」로 등단, 2020년 이병주 스마트소설 대상
저서『인성교육과 상담』,『당신도 모르는 비밀』,『관계모형세우기』

미니픽션 달빛 모자이크

사후 잔치

이진훈

    윤 선생이 늘 앓던 위염 증상이 심해져 내과를 찾았더니 최 원장이 약을 처방해 주며 저녁을 함께하자고 제안을 했다.

    "선생님, 긴히 상의 드릴 말씀이 있는데 진료 끝날 시간이 다 되었으니 저녁 약속 없으시면 1층 카페서 잠시 기다려 주실 수 있으세요?"

    "저녁 약속은 없다만 무슨 긴한 일이라도 있는가?"

    "이따 말씀드릴게요. 30분 뒤면 진료가 끝나니 바로 내려가겠습니다."

    윤 선생은 최 원장의 고등학교 3학년 때 담임이었다. 최 원장은 고등학생 시절 오로지 공부밖에 모르는 모범생이었으며, 독실한 기독교 신자였다. 담임 선생이나 급우들은 여간해서 자신의 이야기를 드러내지 않아 그의 속내를 알기는 어려웠으나 친구들의 공부 질문에는 아주 자세하게 답을 해 주는

'친절 맨'으로 윤 선생은 또렷이 기억하고 있다. 그 '친절 맨' 타이틀은 지금 병원 이용 후기에도 그대로 이어져 '쌤 무지 친절해여!', '참 친절해요!', '친절 꼼꼼이에요' 등으로 도배되어 있다시피 했다.

윤 선생은 젊은이들로 북적거리는 카페에 들어가 테이블 하나 독차지하고 뻘쭘하게 앉아 있으니 운동 삼아 30여 분 걷다가 카페 문 앞에서 기다리다 최 원장을 만나 식당으로 바로 갔다.

"선생님, 퇴임 후 어떻게 소일하세요? 심심하지 않으세요?"

"심심할 틈이 없어. 현직 때보다 더 바빠. 백수 과로사라는 말 알지?"

"손주들도 봐 주실 테고, 워낙 마당발이시니 여기저기 모임도 많으시죠?"

"손주들 보는 낙이 제일이지. 코로나 이후 봇물 터진 듯 모임이 많다네. 얼마나 마셔 댔으면 위염까지 생겼겠나?"

"술은 조금 줄이시고, 드시더라도 안주를 충분히 잡수신 후 술을 드셔야 해요."

최 원장의 권고에도 아랑곳하지 않고 윤 선생 손에는 벌써 세 번째 잔이 들려 있다.

"그래, 내게 긴히 상의할 말은 뭔가?"

"선생님께 연락드리지는 않았는데 석 달 전에 아버님께서 돌아가셨습니다. 일흔셋에 일찍 돌아가신 것도 충격이었는데 장례를 치르며 아버님 친구분께 들은 말도 충격이었습니다."

"아니, 그 연세에 벌써? 지병이라도 있으셨나?"

"위암이셨어요. 선생님도 조심하셔야 해요."

"근데 아버님 친구분이 빈소에 와서 뭐라셨길래?"

"아버지께서 술에 취하시면 친구분들께 제 자랑을 가끔 하셨나 봐요. 그래서 그때마다 친구분들이 '아들 의사 두었다구 자랑만 말고 술 한잔 거하게 사 봐라 하면, 그래, 사야지. 그래, 거하게 한잔 사구 말구 하다가 저렇게 우릴 두고 갔구나!' 하시더라구요. 그 말을 듣는 순간 아차 싶었습니다. 의사 아들로 아버님 위암도 일찍 발견하지 못해 불효했는데……"

"왜, 아버님께서 주머니 사정이 궁색하셨나?"

"집안 살림은 어머니께서 도맡아 하셨어요. 아버지께서 하시던 사업이 오래전에 부도가 나는 바람에 아버지는 빈털터리가 되셨지요. 어머니께서 반찬가게를 해서 제 학비를 대시고 살림을 꾸려 나가셨어요. 어머니께서 고생 많으셨죠."

"아버님께 용돈을 드리지 않았나?"

"아버님을 직접 뵙기는 명절 때나 생신 때 아니면 어려웠어요. 제게 미안하셨던지 제가 어머니 가게로 가는 날이면 어디론가 외출하셔서 들어오지를 않으셨어요. 그래서 용돈을 따로 다달이 드리지 못하고 어머니께 함께 넉넉히 드렸지요. 친구분들께 그 말씀을 듣고 어머니께 여쭈었더니 '아들한테 뭐 잘한 것이 있다고 용돈이냐, 용돈은. 돈 줘 봐야 술타령이나 했겠지' 하시더라구요. 그러시면서도 위암으로 이렇게 일찍 갈 줄 알았으면 돈이라도 실컷 쓰고 가라고 할 걸 그랬다고 우시더군요. 어머니께서는 제가 다달이 드린 용돈으로 적금을 들어 놓으셨다고 그날에야 털어놓으셨습니다."

"부모 마음이 다 그런 것이란다. 자식이 고생해서 번 돈을 허투루 못 쓰지. 아버님께서 손주들을 많이 보고 싶으셨을 텐데. 나도 아들딸보다는 손주들이 더 보고 싶단다."

"손주들이 보고 싶으시면 애들 학교 앞에서 기다리셨다가 한 번씩 안아 주고 가셨대요. 선생님, 이 불효를 어떻게 할까요?"

윤 선생은 눈물이 그렁그렁한 제자가 따라 주는 술 한 잔을 더 마시고 최 원장의 손을 잡으며 말을 건넸다.

"사람 사는 것이 다 아쉬움과 회한 속에서 산단다. 어쩌겠냐. 이미 아버님은 가셨고. 아버님이 못 하신 것 네가 대신하면 되지 않겠냐? 빈소에서 네게 말씀해 주신 친구분께 연락해서 평소 아버님과 자주 만나 회포를 푸셨던 친구분들을 한

번 모시겠다고 해라. 그리고 거하게 술대접을 하면 되지 않겠냐? 아버지께서 사시는 것보다 더 좋아하실 게다."

"아, 그렇겠네요. 선생님, 고맙습니다. 꼭 그렇게 하겠습니다."

"그래, 꼭 그렇게 해라. 그리고 반드시 내게 결과 보고해야 한다. 그래야 또 네 술을 한 잔 더 얻어 마시지."

"선생님, 아버님께 못 사 드린 술 선생님께서 원하시는 대로 대접해 드릴게요."

이진훈

미니픽션 작가, 시인
미니픽션집 『베이비부머의 반타작 인생』, 『명절 차례와 기제사』 외
2021년 자랑스러운 문창인 상

성자와 불효자

김석진

　신데렐라는 영원히 살아 있다. 미국 성당의 한국 교수 모임에도 신데렐라와 결혼한 왕자님이 나온다. 왕조 계승을 이어받은 왕자님은 물론 아니다. 그들 부부는 일요일이면 어김없이 성당에 나타났다. 남자는 보통 키에 풍채가 좋은 편이었다. 어깨가 벌어지고 몸집도 퉁퉁해서 건장해 보였다. 그는 아내의 손을 꼭 잡고 성당으로 들어와 맨 앞줄에 앉았다. 여자는 빨간 립스틱을 바르고 늘 화장을 짙게 해 그녀 가까이 가면 화장품 냄새가 진동했다. 남자는 복장도 단정하고 점잖아 신부님 풍모가 느껴졌다. 성당 사람들은 이들이 어떻게 부부가 되었는지 정말 알 수 없다고 수군댔다. 남자는 미사에 집중할 뿐 사람들의 시선은 전혀 개의치 않았다.

　그 부부는 옷차림뿐만 아니라 모든 게 극과 극이었다. 남자는 국립 P 대 교수였다. 그는 담배도 술도 아예 하지 않지만, 여자는 담배도 피우고 술도 잘 마셨다. 더욱 놀랍게도 그녀는 그보다 나이가 열여덟 살이나 많았다. 남녀가 결혼하는데 무슨 공식이 있는 것은 아니지만, 그래도 끼리끼리 만나는 게 인지상정인데 이들은 가히 마법에 걸린 왕자나 공주 같은 운명적인 만남이 작용했으리라, 짐작만 할 뿐이었다.

남자는 신부가 되고자 했다. 그러나 그의 어머니 바람대로 명문 K 대에 진학했다. 대학가는 데모로 어수선해 수업은 건성이었고, 다른 한편에선 통기타와 포장마차가 함께하는 낭만의 시대였다. 그도 학교 앞 포장마차에 친구들과 자주 들렀다. 그는 군대를 다녀와서도 그 포차에 다니며 포차 주인 여자와도 이런저런 세상 얘기를 주고받았다. 그녀는 오랫동안 포차를 운영해 와 얘깃거리가 많았다. 담배를 피우고 주당들과 내기하듯 술을 마셔서인지 목소리는 걸걸했다. 그다지 예쁘지도 않고 몸집은 컸다. 전형적인 주모 스타일이었다.

여자는 남편과 딸 하나를 두었지만 이혼했다. 정확히는 소박을 맞았다. 포차는 그녀의 생계 수단이었다. 그는 그녀와 자주 보다 보니 정이 들었다. 소박을 맞은 데 대해서도 연민의 정이 갔다. 그녀의 솔직함에 마음이 끌렸다. 그녀의 말과 행동은 다소 거칠었지만 씩씩해 보였고 생활력이 강하다고 느껴졌다. 그가 그녀와 결혼하고자 하니 그의 어머니는 격렬하게 반대했다. 신분도 신분이거니와 그녀와 그의 어머니와의 나이 차이가 그와 그녀와의 나이 차이보다 한참 적었다. 시련이 클수록 여자는 신데렐라가 되었고, 핍박과 시련 속에서 남자는 그녀를 지켜 주는 왕자님이 되었다. 마침내 그는 그녀와 결혼했다.

여자는 그간의 설움으로 이젠 버젓한 사모님 호칭을 듣고 싶었다. 남자를 졸랐다. 그는 미국에 유학하여 박사학위를 받았다. 그리고 교수가 되었다. 그녀는 원대로 교수님 사모님이 되었다. 그러다가 안식년을 맞아 그들은 미국 유명 주립대로 함께 온 것이었다. 그녀가 나이가 많아서인지 그가 그녀의 딸을 생각해서인지 또는 다른 무엇인가 있는지 그들 사이에는 자식이 없었다. 그런데 그녀가 데리고 온 딸도 소위 비행 소녀였다. 그는 그 딸을 지극정성으로 선도하였다. 그 딸은 마침내 비행 소녀를 벗어났다. 그는 그 딸을 뉴욕으로 유학을 보냈다. 그녀는 오히려 그가 자기 딸에게 큰돈을 쓰는 게 불만이었다.

그가 신부님이 되어 많은 사람의 영혼을 구원하지는 못했어도 두 사람의 영혼은 구원한 것인가. 나는 그가 성자처럼 보였다. 아내는 그녀와 말을 섞는 것도 싫어했고 그가 천하의 불효자라고 했다.

김석진

경북대학교 명예교수

시집 『희한한 나라』, 『I, to Me – 내가 나에게』, 『사랑해서 미안했습니다』, 『말에는 온도가 있어요』 외 다수

설핏, 꽃처럼 피어났다

한상준

"여기까지야, 더는 안 돼."

"채소 심을 데가 저~기, 여기 아직도 넓잖아. 콩나물 콩 심어 놓은 듯 이렇게 촘촘해서 보기에 영 답답해 보이잖아."

평소 짧은 어투답지 않게 아내의 반응 또한 만만찮다.

마을에서부터 2km쯤 올라가는 산 중턱에 돌집을 덜렁 지어 푸성귀 심고 가꾸며 오간 지도 6년여가 되었다. 토굴 같던 산막에 아내까지 하던 일을 그만두고 자주 들락거리자 이젠 사람 사는 기운이 돈다. 아내의 공간으로 쓰이는 작업실이 들어서고 규모도 제법 커졌다. 아내와 함께 밭을 일구는 한편 이러쿵저러쿵, 아웅다웅하면서도 꽃을 심고 가꿔 꽃밭도 넓어지며 모양새 또한 요모조모 갖춰졌다.

"둥굴레 심어진 데까지만 꽃밭 만들기로 했잖아."

약속을 상기시키며 나 역시 오금을 박는다.

푸성귀 심은 텃밭이 꽃밭으로 야금야금 바뀌어 가는 게 더는 안 될 성싶어 저기는 내 텃밭, 여기까지가 당신 꽃밭이라며 선을 긋듯 경계를 뒀다. 그러마, 하고 아내도 고개를 끄덕인 터였다. 함에도, 작년에는 아내 고집을 꺾지 못해 마늘 심으려 다져 놓은 텃밭 일부가 천일화 꽃밭으로 둔갑하기도 했다. 전전해에 심었던 천일화가 다닥다닥 피어 꽃밭이 좁아 보이긴 했다. 돌이 많은 거친 산밭이기에 자못 큰 돌이 박혀 있는 땅속을 호미로 파서 옮겨심기 어려워 몇 곳은 곡괭이로 돌을 파내 주기까지 했다.

"약속은 무슨 약속. 상황이 약속인 게지, 뭐."

가는 방망이보다 오는 홍두깨가 더 드셌다.

처음엔 '주위가 온통 나무고 들꽃인데 굳이 화초까지 심을 건 없지 않남?' 하고 좀 꺼리는 내색을 드러내기도 했다. 아내는 그래도 가까이서 보는 봄, 여름, 가을꽃이 있으면 한결 좋지 않겠냐며 꽃나무 등 화초 심기를 멈추지 않고 곳곳에 심었다.

"억지 고만 부리셔."

오늘은 임도(林道)로 나 있는 산길 오가며 봐 뒀던 큰까치수염을 몇 무더기 캐 와서 심겠다고 아욱 심어진 밭 한쪽을 내놓으라며 생청을 부렸다. 하얀 꽃이 피어 있던 큰까치수염을 처음 보고 감탄하긴 했다. 곧바로, 꽃이 지면 몇 뿌리 캐다 심겠다고 속내를 감추지 않았다. 잎만 보고는 모를 수 있다면서 대나무를 꺾어다 표시까지 해 뒀던 게다. 꽃이건 뭐건, 거기에 그대로 있어야 더 아름다운 게야, 훈계조로 말렸다. 나도 알간, 하며 고개를 끄덕이면서도 아내는 원추리며 산나리 등을 몇 뿌리 캐 와서 꽃밭에 옮겨 심었다. 잘 자라고 있긴 하다. 아내는 마음에 드는 꽃이면 기어코 심을 더 넓은 꽃밭을 만들겠다는 심중을 내려놓지 않았다.

"보라니까. 이쪽저쪽을 봐도 여기에다 심으면 좋을 것 같잖아."

"근데, 당신 감당하겠어. 이렇게 넓어지면 손이 많이 갈 텐데."

기실, 아내의 꽃밭은 산속 집에만 있는 게 아니었다. 기거하는 아파트 베란다에도 아내가 기르는 화초들이 많다. 작은 화분에 앙증맞게 자란 다육이는 이런 모양, 저런 색깔이 참 예쁘다. 다육이 외 종류도 다양하다. 댄드롱, 홍콩야자, 스파티필름, 알로카시아, 꽃기린, 고무나무, 군자란, 해피트리, 포인세티아, 제라늄, 호야, 화분에 심어진 남천 등 각양각색의 화초가 뽐내고 있다. '아파트 베란다에 있는 화초는 화분에서 기르니 산밭에서보다 키우기가 수월하지 않남?' 하고 묻자 아내는 아니거든, 하며 고개를 흔들기도 했다. 돌담 밑과 여기저기 틈새에 심은 남천과 영산홍은 아내의 요청으로 세 차례나 이리저리 옮겨 심는 바람에 나무가 몸살을 앓기도 했다.

"그러니, 당신이 도와줘야지."

"못 말려. 무슨 내림 같아, 이건."

아내의 화초 가꾸기는 친정어머니로부터 물려받은 듯하다. 아내의 친정엔 늘 화초가 잘 가꿔져 있었다. 제 색깔을 한껏 드러낸 잎, 튼실한 줄기와 꽃이 참으로 곱게 피어 있곤 해서 보기에 좋았다. 장모님이 아파트로 이사를 하고도 베란다엔 여전히 꽃을 심은 화분이 많다. 아내는 친정에서 화초를 가져와 우리 집 베란다에 옮겨 놓기도 했다.

가꾸고자 하는 화초들이 적지 않은 참에 산밭을 보고 욕심이 생겼을 테다. 오일장의 길거리 화원에서 사다 심은 불두화가 탐스럽고 미스김라일락 꽃향이 그윽했다. 앙증맞은 우산을 받쳐 든 듯한 하얀 부추꽃이 너무 예쁘다며 아예 부추밭을 일궈 놓기도 했다. 보라색 방아잎 꽃은 어떻게 저런 황홀한 색이 나올까, 싶어 놀랍기도 하였다. 구절초가 여기저기 피어 있고 색색의 국화가 무더기무더기 앞다퉈 피어 어쨌거나, 눈 호강을 하고 있다.

"생각해 뒀던 건데 말야, 남편님! 산중 날씨가 이만저만 추운 게 아니잖아. 추위에 적응한 뒤에 꽃밭에다 옮기려 화분에 그대로 심어둔 저 팔손이며 염좌가 겨울을 날 수 있도록 비닐하우스를 조그맣게라도 지어서 넣어 두면 어떻겠어? 다육이도 그렇고."

얇은 웃음을 머금은 채 간절하게 나를 본다.

딴은, 채송화는 산속 겨울 추위를 이기지 못해 겨우 몇 송이 꽃을 피우다 가느다란 줄기만 남긴 채 이내 시들해졌다. 치자꽃 향기 흐드러지던 치자나무도 지난겨울 추위를 못 이겨 내고 죽고 말았다. 재작년 여름에는 새끼손가락만 한 우박이 쏟아져 연잎과 옥잠화, 불두화, 둥굴레 등 잎이 크고 길쭉한 화초들에 구멍이 숭숭 뚫려 가을도 되기 전에 잎이 누렇게 말라 보기가 딱하였다. 상추와 아욱, 방풍나물, 쑥갓, 가지와 오이 등 푸성귀들도 우박에 잎과 열매가 멍들어 안타까움을 자아내기도 했다. 자연의 재앙에 망연자실할 뿐 속수무책이었다. 이쯤에선 결국 어쩔 도리 없이 아내의 의중에 스며들고 만다.

"채소전 밑둥치 쪽으로 시야를 가리지 않는 곳에 비닐하우스를 세우고는 싶은데…."

"오우, 이제야 당신이 내 마음을 받들어 주느만."

아무려나, 텃밭은 좁아지고 꽃밭이 서서히 넓어지는 게 그리 곱지만은 않아 아내와 찌그락짜그락 다투기도 하지만 이렇듯 지고 만다. 아내는 여전히 꽃밭을 더 넓힐 궁리를 하고 있다. 여태껏 피어 있는 천일화엔 나비들이 날아들고 곧 겨울잠에 들 벌들이 방아잎 꽃에서 화분을 얻어 가는 모습을 보며 흐뭇해한다. 가느다란 물줄기가 흐르는 수로에선 제 발로 찾아든 물봉선과 고마리가 꽃을 피워 보기에 좋았으니, 아내의 감탄에 나 또한 들뜨지 않을 수 없는 터였다. 내년에는 더 넓어진 꽃밭에서 더 많은 봄꽃, 여름꽃, 가을꽃이 피어나리라.

"무슨 그런…. 아무튼 비닐하우스는 내내 짓고자 했던 게 나였어."

"고맙소이다, 낭군님! 차 마실까?"

특히 맛이 그만인 서리 내리기 전 아욱잎을 따서 식탁에 올려놓은 뒤 아내와 처마 밑 의자에 앉아 차를 마신다. 뭉게구름이 시나브로 흐른다. 꽃밭도 이제 서서히 깊은 가을로 접어들고 있다. 꽃밭을 건네 보다 늦더위에 피었다 진, 고개를 꺾은 채 드라이플라워처럼 깡마른 장미꽃을 흘깃 본다. 아내가 여름에 색깔 별로 꽃을 피우던 장미 세 송이를 꽂아 창가에 뒀던 꽃병이 퍼뜩 떠올랐다. 이내 생각난 노래를 흥얼거린다.

생각나나요 아주 오래전 그대 내게 줬던 꽃병

흐드러지게 핀 검붉은 장미를 가득 꽂은 꽃병

우리 맘이 꽃으로 피어난다면 바로 너겠구나

온종일 턱을 괴고 바라보게 한 그대 닮은 꽃병

시절은 흘러가고 꽃은 시들어지고

나와 그대가 함께였다는 게 아스라이 흐려져도

어느 모퉁이라도 어느 꽃을 보아도

나의 맘은 깊게 아려 오네요 그대가 준 꽃병

우리 맘이 꽃으로 피어난다면 바로 너겠구나

온종일 턱을 괴고 바라보게 한 그대 닮은 꽃병

시절은 흘러가고 꽃은 시들어지고

나와 그대가 함께였다는 게 아스라이 흐려져도

어느 모퉁이라도 어느 꽃을 보아도

나의 맘은 깊게 아려 오네요 그대가 준 꽃병

생각나나요 아주 오래전 그대

양희은의 '꽃병'이다. 2절의 "어느 모퉁이라도 어느 꽃을 보아도/나의 맘은 깊게 아려 오네요 그대가 준 꽃병"에 이르러

나지막이 함께 부른다. 아내의 얼굴을 슬며시 건너본다. 초로의 얼굴에서 '아주 오래전(부터) 그대'였던 아내의 곱디고운 젊은 날이 설핏, 꽃처럼 피어났다… 후훗!

한상준

1994년 《삶, 사회 그리고 문학》에 「해리댁의 忘祭」 발표, 장편소설 『1986, 학교』, 소설집 『오래된 잉태』, 『강진만』, 『푸른농약사는 푸르다』, 미니픽션 창작집 『민규는 '타다'를 탈 수 있을까?』 등

숨어 있는 설득자 2

김민효

부릅뜬 두 눈과 핏기 없이 눌린 두 손바닥이 불쑥 N의 눈
앞에 나타났다. 눈빛은 복잡했다. 극에 달한 절망과 고통 그
리고 원망이 더해진 눈빛이었다. 급기야 실핏줄이 툭툭 터
져 피눈물이 고였다. 게다가 핏기 없이 눌린 두 손바닥이 차
장을 뚫고 나왔다. 두 손이 노리는 것은 N의 목이었다. N은
고개를 가로저으며 두 손을 허우적거렸다. 용케 피했다 싶
은 순간 가늠할 수 없는 캄캄한 낭떠러지로 미끄러지기 시작
했다. 바닥이 느껴지는가 싶더니 옆구리에 충격이 가해졌다.
헉, 터지려는 비명을 N은 재빨리 삼켰다. 통증 때문에 저절
로 눈이 떠졌다.

N은 재빨리 오른손으로 자신의 왼쪽 가슴 위를 더듬었다.
동시에 왼손을 뻗어 백팩도 끌어당겼다. 거의 본능적인 움직
임이었다. 티셔츠 안쪽 포켓에는 주민등록증과 신용카드가,

백팩에는 맥북과 비상약품과 에너지 바 몇 개 그리고 신변 보호용 장비 두어 가지가 들어 있다. 만약의 경우 자신을 증명해 줄 신분증이자 생존을 위한 최소한의 도구들인 셈이었다. 신분증과 신용카드를 넣은 티셔츠 포켓은 입구를 단단히 꿰맸다. 탄성이 강하고 질긴 소재로 만들어진 티셔츠는 또 다른 피부처럼 몸에 착 달라붙었다. N은 분실 가능성을 염려해 샤워할 때도 티셔츠를 벗지 않았다. 가슴을 지그시 눌렀다. 오른손바닥으로 요동치는 심장박동이 느껴졌다. 아직은 살아 있다는 증거였다.

N은 두 발로 주변을 더듬었다. 순찰용 랜턴이 발에 걸렸다. 침대 밑으로 떨어지면서 그것에 옆구리가 받친 모양이었다. N은 온몸의 촉각을 세우고 귀를 기울였다. 염소들의 뒤척임과 되새김질 소리가 간간이 들리고 비질란테가 몸을 흔들어 터는 소리가 잠깐 들렸다.

비질란테는 주인인 안토니오의 반려견이자 염소 몰이 개다. 안토니오는 염소들의 보안관이자 충실한 지킴이란 뜻이라고 일러 주었다. 하지만 N은 감시자라는 뜻 그대로 해석했다. 녀석이 자신을 열세 번째 염소 정도로 여긴다고 느꼈기 때문이었다. 안토니오의 거실, 목초지, 축사 하다못해 돌담 밑에 몸을 낮추고 있을 때도 녀석의 시선은 끈질기게 N에게 달라붙었다. 불쾌했지만 한편 위안이 되기도 했다. 감시당하는 동시에 보호받는 느낌! 그렇다고 녀석이 자신의 역할에 소홀함이 있다는 말은 아니다. 늙은 데다 다리를 다친 안토니오를 호위하고, 언덕 아래 샛길로 빠지지 않도록 염소 열두 마리를 감시하며, 외부인이나 침입자에 대한 경계까지. 녀석이 열 몫을 하고 있다고 해도 결코 지나친 표현은 아니기 때문이었다.

N은 천천히 눈을 떴다. 그리고 방 안을 둘러보았다. 염소 우리 쪽으로 나 있는 창 너머 푸르스름한 빛이 희미하게 비쳐 들었다. 그는 비로소 참았던 숨을 내쉬었다. 깊게 숨을 들이마시고 천천히 내쉬기를 계속 반복했다. 숨을 쉴 때마다 옆구리가 결렸다. 몇 차례 심호흡을 더한 뒤 그는 악몽을 한 장면씩 되짚었다.

한여름의 더운 바람과 진초록의 기름진 나뭇잎들의 팔랑거림과 낡은 자동차 안으로 차오르던 연기 그리고 차창 아래로 무겁게 미끄러지던 젊은 사내의 머리통. 나머지 장면들은 정지된 영상으로 펼쳐졌다. 그래선지 장면 하나하나가 모두 선명했다. 문득 뭔가가 달라졌다는 것을 N은 뒤늦게 알아챘다. 지금까지와 달리 자동차 안의 인물은 C가 아니었다. 누구지? N은 두 팔로 머리를 감싼 채 그가 누군지 알아내려 애를 썼다. 일단 팀원들의 얼굴을 한 사람씩 떠올렸다. 팀장, 선배 D, E, 선임 F, 동기 G와 H. 그는 고개를 가로저었다. 급기야 무소불위의 국장 얼굴까지. 순간 등짝으로 소름이 쭉 끼치면서 온몸의 근육이 오그라들었다. N에게 국장은 죽음과 동의어였기 때문이었다. 하수인인 팀장을 앞세워 희생자를 지목하거나 자살을 설득하는 자. 그의 뜻을 거부할 경우 당사자는 물론이고 그의 가족과 주변인들의 삶까지 철저하게 망가뜨린다는 것. 모르긴 해도 선배 A와 B의 죽음 이면에 그런 설득과 압박이 있었으리라는 것이 동료들 사이에 돌고 있는 비밀 아닌 비밀이었다. C의 자살 역시 그런 과정을 거쳤을 터였다. 포기할 여지를 완전히 차단하기 위해 N을 감시자로 차출하였던 것이고.

물론 경찰에서 내놓은 그들의 사인은 모두 달랐다. A는 휴가 중 교통사고, B는 우울증으로 인한 약물 과다 복용, C는 도박 빚을 감당하지 못해. 경찰은 의심할 수 없는 증거도 내놓았다. 증거가 조작되었을 거라는 정황을 제시한 언론사가 있긴 했으나 가짜뉴스라는 으름장에 대중의 관심은 이내 수그러들었다. 다만 국장과 관련한 문제가 사회적 파문을 일으킨 시점에 모두 벌어졌음을 보도한 기사가 한 건 있었고, 보도 직후 그 언론사는 다른 이유로 고발당했다.

아무것도 하지 않으면 아무 일도 없을 거야.

팀장의 경고가 귓가에 쟁쟁거렸다. 하지만 N은 아무것 중두어 가지를 이미 저질러 버렸다. C가 죽어 가는 영상과 팀장의 지시 사항을 녹음한 통화 내용을 클라우드에 저장했던 것이다. 그리고 그 파일을 후배 기자의 이메일로 예약 전송을 걸어 놓았다. 팀장은 이 파일의 존재를 이미 알고 있을 터였다. 그날 회수해 간 핸드폰에서 그 흔적을 모두 찾아냈을 테니까.

그날 팀장이 지시한 임무는 아주 단순했다. 표정은 덤덤했고 말투도 예사로웠다. 마치 잠깐 바람이나 쐬고 오라는 뜻으로 여겨질 만큼. 목적이 무엇인지, 무엇을 보고하라는 것인지, 살짝 궁금증이 일었던 것은 사실이었다. 하지만 말해 주지 않은 것을 물을 수는 없었다. 의도가 있건 없건, 의미가 크든 작든, 그것은 불복종에 해당하는 중대 도전으로 간주되기 때문이었다. 몇 가지 주의 사항이 덧붙여진 것은 현장에 도착한 다음이었다. 지켜보되 절대 개입하지 말 것, 상황이 종료될 때까지 자리를 이탈하지 말 것, 상황 종료 후 결과를 즉각 보고하고 영상은 삭제할 것, 보고 즉시 현장을 떠날 것.

그곳이 동료가 죽어 가고 있는 현장이란 사실을 알았다면 거부했을까? 자살시도자가 C인 것을 알았더라면 적극적으로 구조에 나섰을까? N은 고개를 가로저었다. 미리 알았든 몰랐든 갈등은 길지 않다. N이 자동차로 다가가는 순간 팀장으로부터 전화가 걸려 왔다. 마치 옆에서 지켜보고 있었던 것처럼. 그가 내지른 말은 차에서 떨어지라는 호통이었고 즉시 이동할 것을 명령했다.

의외였다. 다음 지정 장소인 출국 게이트 부근에 팀장 혼자 서 있었기 때문이었다. N은 팀장의 모습을 재빠르게 훑었다. 한쪽 어깨에는 백팩을 걸쳤고 다른 손에는 티켓이 끼워진 여권을 들고 있었다. 드디어 악명 높은 팀장이 해외로 튀는군. 팀장 역시 국장에게 손질을 당한 걸까? 어떤 말로 배웅을 하지? N은 그럴싸한 작별 인사를 궁리하며 팀장의 얼굴을 바라보았다. 그때 N이 들고 있는 핸드폰을 팀장이 낚아챘다. 순식간이었다. 그는 씩 웃으며 말했다.

이건 회사 물품이니까 반납해야겠지?

이어 자신이 들고 있던 핸드폰을 N에게 건넸다. 출근과 동시에 개인 사물함에 넣어 두었던 N의 핸드폰이었다. N은 온몸에서 힘이 쭉 빠져나가는 걸 느꼈다. 팀장은 지시를 내릴 때처럼 단호하게 말했다.

연락할 때까지 조용히 쉬고 있어. 지시한 대로 따르면 아무 일도 없을 거야. 명심해.

아무 일도 없을 거라는 말에 N은 숨이 턱 막혔다. 아무 일이 일어날 거라는 말로 들렸기 때문이었다. 형언할 수 없는 두려움이 온몸으로 번졌다. N은 팀장이 건넨 백팩과 티켓이 끼워진 여권을 순순히 받았다, 목적지를 확인하지도 못한 채. 팀장이 출국 게이트 쪽으로 N의 등을 떠밀었다. 출국 게이트 안으로 들어가기 전 N은 잠깐 돌아보았다. 팀장이 팔짱을 낀 채로 지켜보고 있었다.

N은 벌떡 일어났다.

바짓단을 잘 여미 넣고 워커 끈을 단단하게 조였다. 안쪽 포켓에 넣어 둔 여권과 현금을 확인한 다음 재킷을 입었다. 핸드폰의 충전 상태도 확인했다. 핸드폰을 백팩 주머니에 넣고 등에 멨다. 백팩의 안전띠도 바짝 조여 등에 안착시켰다. 그는 야전침대를 정리하고 담요도 각 잡아 개켜 놓았다. 랜턴 불빛을 구석구석 비추어 가며 창고 안을 살폈다. 머리카락 한 올도 남겨 놓아선 안 될 것 같아서였다. N은 점검을 끝낸 뒤 랜턴을 끄고 담요 위에 올려놓았다. 시계를 보았다. 채 두 시도 되지 않은 한밤중이었다. 첫 페리 출항까지는 아직도 시간이 많이 남아 있었다.

　N은 벽에 등을 기댄 채 쪼그려 앉았다. 순간 옆구리에 통증이 느껴졌다. 랜턴에 받쳤던 곳이자 칼에 찔린 흉터가 살아 있는 부위였다. N은 벽에서 등을 살짝 뗀 뒤 백팩 사이드 포켓에 넣어 둔 잭나이프를 가장자리로 밀어 냈다. 그러자 심하게 배기지는 않았다. 다시 벽에 등을 기댄 채 눈을 감았다. 악몽은 생생하게 되살아났다. 비로소 N은 낯익은 인물의 정체를 알아차렸다. 차창을 뚫고 나오려던 그는 바로 N 자신이었다. 자신이 고통스럽게 죽어 가고 있는 모습을 자신이 촬영하고 있는 악몽. N은 석 달여 날의 평온이 끝이 났다는 암시로 여겼다. 이제 앉은 채로 죽음을 맞을 것인가, 저항하다가 죽어 갈 것인가, 하는 선택만 남은 것 같았다.

　여느 새벽처럼 N은 축사 주변을 청소한 다음 안토니오를 도와 염소젖을 짰다. 염소젖을 짜는 동안 안토니오는 몇 차례나 N의 행색을 흘깃거렸다. N은 무심한 척 염소젖을 운반용 통에 붓고 트럭에 실었다. 팔순인 안토니오만큼 낡은 소형트럭이었다. 트럭은 비질란테만큼이나 불편하지만 익숙해진 존재였다. 통이 흔들리지 않도록 상자를 결박한 다음 짐칸의 걸쇠를 채웠다. N은 아직 완쾌되지 않은 안토니오의 다리가 마음에 걸렸다. 그렇다고 조반니의 치즈 작업장으로 옮겨 주기에는 아직 이른 시간이었다. N은 마음을 다잡았다. 미련은 짧게, 행동은 단호하게.

N은 시계를 보았다. 항구로 달려간다면 페리에 승선하는 데는 문제가 없을 것 같았다. 첫 페리를 타고 추적자가 들어오지 않았다면 말이다. N은 꼬리를 흔들어 대는 비질란테를 끌어안았다, 서로의 체온이 교환될 만큼 꽉. 비질란테의 심장 박동이 가슴으로 전해지자 뜨거운 덩어리가 목구멍까지 치받쳤다. N은 얼굴을 핥아 대는 녀석의 엉덩이를 두어 번 토닥인 다음 몸을 일으켰다. 차마 안토니오는 바라보지 못했다.

N이 막 차고 밖으로 한 발을 내딛는 순간 안토니오의 외마디 비명이 들렸다. N이 트럭 옆으로 몸을 틀었고, 비질란테의 몸이 허공을 가로질렀다. 퍽, 몇 분의 일 초를 두고 염소젖 운반용 통 하나에 무언가가 박혔다. 재빨리 안토니오를 돌아보았다. 그의 시선은 비질란테가 폭주한 담장 쪽을 향하고 있었다. 동양인 남자와 비질란테가 숨 막히는 격전을 벌이고 있었다. 비질란테는 두 다리로 괴한의 가슴을 짓누른 채 어깨를 물어뜯고 있었고, 괴한은 주먹으로 비질란테의 얼굴을 가격하며 다른 손으로 놓친 권총을 더듬어 찾고 있었다.

괴한이 권총을 집어 들려는 순간 N은 슬라이딩으로 몸을 던졌다. 그 순간 아침 햇살이 번쩍 퉁겨지며 난반사를 일으

컸다. N의 손에 들린 잭나이프가 튕겨 낸 빛살이었다. 괴한의 손목에서 피가 솟구쳤다. N은 권총을 걷어찬 뒤 괴한의 발목을 한 번 더 찍었다. 와중에도 괴한은 자신의 허리춤을 더듬어 칼을 빼 들었다. N은 그 손을 걷어찬 다음 비질란테를 떼어냈다.

트럭의 시동 소리와 함께 안토니오가 다급하게 소리쳤다.

피캅.

N은 담장 구석에 처박힌 권총을 일별한 채 트럭에 올라탔다. 비질란테는 계속해서 짖어 대며 남자를 경계했다. 트럭의 속도가 붙자 안토니오가 휘파람을 불었다. 비질란테가 트럭 짐칸으로 올라탔다. 트럭은 염소젖을 길바닥에 줄줄 흘리며 항구를 향해 내달렸다. 저만치 페리의 램프가 보였다. 막차량 진출입 연결 램프가 들리려는 순간이었다. 안토니오가 자동차 경적을 연거푸 누르자 신호수가 멈칫했다. 그 바람에 전속력으로 달려간 트럭은 페리의 승선 램프를 간신히 통과할 수 있었다. 이윽고 램프가 닫혔고 안토니오가 숨을 길게 토해 냈다. N도 참았던 숨을 내쉬며 안토니오를 돌아보았다. 주름살이 깊게 잡힌 안토니오의 눈꺼풀이 심하게 떨렸고 얼굴 근육들이 제각각 경련을 일으켰다. 특히 겨우 아물기 시작한 그의 다리 근육이 마구 꿈틀거렸다. 석 달여 동안 N에

게 평온한 일상을 보장해 주었던 다리였다. N은 정신없이 안토니오의 다리를 주물렀다. 안토니오가 N의 등을 토닥이며 낮게 말했다. 빠진 잇새로 발음이 샜으나 말뜻은 충분히 이해할 수 있었다. 알아들은 단어를 조합하면 대충 이랬다.

어때, 내가 시칠리아 패밀리 출신이었다는 것을 이제는 믿겠나?

그가 진짜 하고 싶은 말이 따로 있다는 것을 N은 이미 알고 있었다. 해낼 수 있을지 자신할 순 없지만. N은 고개를 끄덕이며 허탈하게 웃었다.

김민효

《작가세계》에 「그림자가 살았던 집」으로 등단
소설집 『검은 수족관』, 『그래, 낙타를 사자』, 『빛나는, 완전범죄』
미니픽션집 『술集』 외 9권 공저, 논픽션집 『놀러 가자, 피터 팬』

시인과 솔로몬의 복음

구자명

허무로다 허무, 모든 것이 허무로다!

흐이그⋯. 새벽 6시부터 코헬렛서를 베끼던 구 시인은 심이 거의 닳아 가는 몽당연필을 던지며 한숨을 쉰다. 새 자루를 깎을 때가 되었다.

그는 요즈음 되는 일이 없다. 주머니는 그 어느 때보다 가벼운데 늙어 가는 몸과 안식 없는 마음은 한없이 무겁다. 팬데믹 이전에는 신간 시집을 내면 보통 몇 달간은 책 관련 강연료와 더불어 인세 수입이 좀 따라 주곤 했는데 코로나 종식국면에 들었다고 하는 이즈막에 들어서 낸 책인데도 그것들이 전무하다시피 반응이 없다. 해서, '목욕재계'하고 하늘의 도움을 기다려 보겠다는 차원에서 부활절을 앞두고 공연히 안 하던 짓을 한 것이 외려 동티를 낸 게 아닌가도 싶었다. 위에서 보시기에 얼마나 가증스러웠겠는가….

밤에도 그의 마음은 쉴 줄 모르니 이 또한 허무이다.

십수 년 만에 고해성사를 하고 온 이후 구 시인은 죽 그런 느낌에 시달리며 살고 있다. 신약이든 구약이든 아무 데나 내키는 데서 시작해 매일 몇 쪽씩 필사를 해 보라는 신부의 처방대로 눈떠지는 대로 책상 앞에 앉아 그 일을 해 온 지가 두어 달이 넘었다. 고해소에서 신부는 목소리로 그를 금방 알아본 듯했다. 성탄절과 부활절에만 성당에 나가는 날라리 신자였음에도 사제 시인으로 알려진 신부는 그런 그를 허물없이 대했다. 이따금 문학행사에서 마주치기도 했지만 구 시인이 술에 취해 오밤중에 전화를 걸어 같잖은 푸념을 늘어놓으면 곧잘 받아 주기도 하는 사이였던 것이다. 올해 초에도 문청 시절에 알았던 한 여자와 해돋이 여행을 갔던 얘기를 혀 꼬부라진 소리로 주절댔는데, 경건한 사제의 입장에선 꽤나 거북스러울 내용이었기에 구 시인은 아침에 후회스럽기도 했다. 여전히 고운 자태가 남아 있어 은근히 마음 설레게도 했던 그 여인과의 인연은 '해 보는 집'이란 이름의 여관방에서 '해만 보고' 돌아오는 걸로 그만 끝나 버렸다. 여행에서 돌아온 이후로 여인은 무슨 까닭에선지 쌀쌀하게 돌변한 태도를 보여 구 시인은 어리둥절해졌다가 기분이 몹시 상하여 술을 진창 들이켜고 신부에게 심야 상담을 했던 셈이다. 잠이 깊이 들었다 깼는지 어이구, 어이구 하면서 혼몽한 목소리로 대꾸하던 신부는 그래도 모종의 결론을 내려 주었다. "해만 보고 와서 그럴 거예요. 하지만 잘하신 겁니다….."

　길로 난 맞미닫이문은 닫히고 / 맷돌 소리는 줄어든다. / 새들이 지저귀는 시간에 일어나지만 / 노랫소리는 모두 희미해진다.

　창밖에서 이른 새가 되려고 작정했는지 못생긴 직박구리가 왁살스런 소리로 우짖는다.

　맷돌처럼 튼튼하고 기능 좋던 아내가 하루아침에 가슴을 부여잡고 쓰러지더니 곧바로 하늘 길로 떠난 지가 올해로 사 년 째다. 교육정의를 실천한답시고 좌충우돌하던 끝에 일찌감치 해직교사가 되어 전업시인 선언을 한 그를 대신해 보험 영업을 하여 억척스럽게 두 남매를 키워 낸 그녀였다. 그 아이들이 각자 제 짝을 만나 가정을 꾸리는 걸 보는 것으로 자기 소명을 다했다고 여겼는지 어느 날 그렇게 허무하게 떠

나 버렸다. 그녀라는 맷돌이 돌아가기를 멈추자 집에 나 있
는 문이란 문은 유폐된 묘택이라도 된 듯 걸어 잠겼고, 그 안
에 홀로 된 사내는 밤에만 일어나 꿈적거리는 강시로 일 년
을 살았다. 이후 사내는 최소한의 외출만 하면서 일 년을 더
묘막살이를 했다.

만 삼 년이 지나자 사내는 망부가(亡婦歌) 수십 편을 비롯,
적잖은 분량의 미발표 시를 들고 바깥세상으로 나왔다. 시인
본색을 되찾은 그는 그 시들을 정리하여 한 권의 시집으로
펴냈다. 작품의 진정성과 핍진성이 문학계에서 제법 좋은 평
을 받았으나 대중 독서계는 전혀 다른 세상이었다.

내 손으로 한 모든 일과 수고한 모든 수고가 다 헛되어
바람을 잡으려는 것이며 해 아래서 무익한 것이로다.

일주일에 한 번씩 반찬을 해 갖고 와서 냉장고에 쟁여 주
고 아내가 하던 잔소리를 토씨 하나 안 틀리게, 다만 경어체
로 바꿔서 해 대고 가는 딸이 오늘은 오지 않았다. 대신 아침
부터 전화를 걸어와 버스로 세 정거장 떨어진 곳에 사는 애
비에게 부탁하기를, 제 동네에 있는 유치원에서 오후 2시에
손녀를 픽업해 두어 시간 데리고 있어 달라고 했다. 자기는

중요한 약속이 있어 그 시간에 어딜 좀 다녀와야 한다는 것이다.

집을 나서는데 하늘이 꾸물꾸물한 것이 비가 올 예감이 짙었다. 하지만 요즘 들어 만사가 다 귀찮은 구 시인은 우산을 챙기러 도로 들어가지 않았다. 아니나 다를까 손녀딸을 유치원에서 데리고 나와 딸네 집으로 건너가는 사거리에 서자 빗방울이 후드득 듣더니 삽시간에 장대비가 퍼붓기 시작했다. 아이를 데리고 다급히 도로변 상가 처마 밑으로 가서 비를 피하며 섰는데, 옆 자리에 제 할머니로 보이는 노부인과 서 있던 사내아이가 유치원 동무인지 아는 척을 하며 말을 걸어왔다.

"얘, 너도 우산 없구나. 우리도 없어서 비 그치길 기다려야 해. 울 집에서 친구들이랑 모여 게임하기로 했는데…. 에이, 재수 없어. 하느님은 왜 하필 오늘 비가 오게 하시는 거야!"

"야아, 너, 신솔로몬!"

천주교 재단에서 운영하는 유치원 원생이라 세례명을 쓰는 건지, 본명이 그런 건지 모르겠지만 손녀딸은 사내아이를 그렇게 부르며 타일렀다.

"하느님이 우리를 다 살게 해 주시려고 그러는 거야. 재수 없다니!"

"진짜? 그럼 너랑 나랑 울 할머니랑 니네 할아버지랑⋯ 음⋯ 또, 나무들이랑 모두?"

"그래애!"

아이들은 경지에 오른 수도자나 선승처럼 서로의 말을 잘도 알아들었다. 소낙비 쏟아지는 처마 아래서 재잘대는 아이들의 대화가 초여름 못자리의 개구리 울음처럼 싱그러웠다.

바람만 살피는 이는 씨를 뿌리지 못하고 구름만 바라보는 이는 거두어들이지 못한다.

구 시인은 아침에 필사했던 코헬렛서의 구절 하나가 생각났다. 어두컴컴하던 그의 머릿속에 작은 전등불이 깜빡거렸다.

구자명

1997년 《작가세계》에 단편 「뿔」로 등단

한국가톨릭문학상, 한국소설문학상 수상

소설집 『건달』, 『날아라 선녀』, 『진눈깨비』, 『건달바 지대평』 외

아포칼립토

이성우

지구종말시계가 23시 55분을 가리키고 있는 어느 화창한 봄날 용와대발 긴급기자회견이 열렸다.

"여러분, 20일 남았습니다. 지구로 거대한 우주물체가 날아오고 있는데요. 이게 지구에 충돌하기까지 20일이 남았다는 것입니다."

"아니, 그런 중요한 일을 이제야 발표하는 이유가 도대체 뭡니까?"

용와대의 갑작스러운 발표에 기자회견장은 충격과 소란으로 가득 찼다.

"흥분하지들 마시고, 정부도 어쩔 수 없는 일이 아니겠습니까? 이런 일이란 게 미리 알아서 좋을 것이 별로 없습니다."

"뭐요? 그걸 말이라고…, 하여간 그래서 대책이 뭡니까? 이럴 때 보면 지구특공대가 조직되고 그러던데 어벤저스라도 등장합니까!"

"어벤저스 좋지요. 그랬으면 좋겠지만 현실은 좀, 그만 못합니다. 하지만 한 가지 희망을 걸어 볼 만한 내용도 있습니다."

"오! 그게 뭡니까?"

"지구만 한 물체가 다가오고 있고 충돌 직전이다, 이건 좀 암울한 이야기가 되겠지만 다행히도 지구로 날아오는 물체가 딱딱한 물체가 아니라는 것입니다."

"그렇다면 정부에서 그 물체에 대한 조사를 이미 마쳤다는 겁니까?"

기자회견장이 다시 웅성거리기 시작했다. 정부가 대책을 세웠을 것이다, 아니다를 놓고 기자들끼리 잠깐의 논쟁이 있었다. 어디선가 무능한 정부를 믿느니 동네 고양이를 믿으라는 비아냥거림도 들려왔다.

"자, 진정들 하시고, 전 지구적인 위기 상황인데 정부라고 가만히 있었겠습니까? 정부가 우주개발 계획을 발표하고 지난 십여 년 간 수많은 로켓을 우주로 쏘아 올린 일을 여러분도 아실 것입니다. 사실, 그 로켓들 대부분은 핵미사일이었습니다. 하지만 우주 물체를 파괴하기 위해 우리가 쏜 미사일들은 아무 소용이 없었습니다. 미사일이 그냥 그 물체를 통과해 버렸기 때문입니다."

"무슨 액체처럼 부드럽다는 말씀이시군요?"

"바로 그렇습니다. 정부는 이후에도 여러 가지 방법을 써 봤지만 우리가 가진 어떤 무기로도 지구로 날아오고 있는 물체를 파괴할 수 없다는 결론에 도달한 상태입니다."

"아니, 무슨 희망적인 이야기는 하나도 없지 않습니까!"

"희망이 없는 것 같지만 분명히 희망이 있습니다. 일단 엄청나게 많은 액체가 지구를 덮쳤을 때 어떤 일이 일어날까 하는 걸 과학자들이 열심히 분석을 하고 있는데요."

"그래, 과학자들이 뭐라고 한답니까? 우리 인간이 살아남을 수 있다고 합니까?"

"지구도 그냥 통과할까요?"

"우주물체가 지구와 부딪치면 비처럼 내립니까?"

"노아의 홍수 같은 건가요?"

기자들의 질문이 쏟아져 나왔다.

"네, 여러분의 궁금증은 이해가 가는 바입니다. 지금까지 한 번도 없던 일이라 정확한 예측이 어렵다고 합니다. 어렵지만 정부는 이미 국민의 반을 구하기 위한 대책을 세웠고 이제 실행단계에 와서 이렇게 발표를 하는 것입니다."

"그럼 나머지 절반의 국민은 죽으라는 겁니까? 또 돈 없고 백 없는 국민들만 희생시키겠다는 멍멍이 같은 계획이겠군요!"

"그 무슨 말씀을, 여러 가지 분석 중에 희망적인 내용이 있어서 말씀드리자면 이렇습니다. 액체인 우주물체가 지구와 부딪히면 대부분이 지구의 대기 때문에 튕겨져 나갈 것이라는 것입니다."

"그렇다면 상당히 희망적인데요."

"희망을 걸어 볼 만합니다만 대홍수는 피할 수 없을 것입니다. 노아의 홍수 때 왜 사람들이 다 죽었겠습니까? 큰물을 막기란 쉽지가 않습니다. 그리고 현재까지는 우주물체 속에 독성물질이 발견되지 않았지만 우리가 모르는 독성이나 바이러스가 있을 수도 있고…."

"결국은 당신들 살아남을 대책만 있고 나머지는 알아서 해라 이런 겁니까!"

기자회견이 끝나자 세상은 온통 두려움과 혼란으로 뒤덮였다. 항상 그렇듯이 어떤 사람들은 종교에 기대고, 어떤 사람들은 짧은 시간을 오로지 자기만을 위해 사용할 수 있는 방법을 찾아 돌아다녔다. 시간이 흐르고 마침내 충돌의 순간, 지구를 뒤덮었던 모든 공포가 순간 사라졌다. 아시다시피 고통이 너무 심하면 우리 인간은 아무것도 느끼지 못하니까.

투우웅 하는 울림과 함께 하늘에서 커다란 물방울이 떨어지기 시작했다. 어떤 곳에서는 산더미 같은 물방울이 덮쳐 거의 대부분의 도시가 파괴되었다. 그리고 나머지 지역도 넘쳐나는 물과 거대한 해일로 온전한 곳이 많지 않았다. 다행한 것은 우주물체의 크기에 비해 지구가 입은 피해가 그리 크지 않다는 것이었다. 많은 사람들이 죽고 도시들이 사라졌지만 인간의 3분의 1은 살아남았다. 그리고 우주액체에 실려 온 엄청난 양의 영양성분으로 지구상의 모든 식물이 지나칠 정도로 잘 자랐다. 오염된 공기도 깨끗해졌다. 지금까지 알지 못했던 물질도 발견이 되어 지구는 그 어떤 때보다 풍요로워졌다. 그리고 또 늘어난 것 중 하나가 사람들의 욕심이었다. 욕심이 커질수록 사람들 간의 차별이 커지고 차별이 커질수록 불만도 따라서 커졌다.

지구와 우주액체의 충돌이 있은 지 15년 후부터 정부에서는 충돌의 날을 기념하기 위해 매년 축제를 열었다. 겉으로는 살아남은 것에 대한 감사를 표현하기 위한 것이지만 사람들의 불만을 잠재우기 위한 목적이 강했다. 그래서 그런지 축제의 시작은 풍요롭고 화려했지만 뒤끝은 사람들의 불만과 폭력으로 얼룩지기 일쑤였다.

우주액체 충돌 후 360년, 345번째 축제의 날이 밝아 왔다. 축제의 위원장을 맡은 부울러나베만이 비만한 몸을 뒤뚱거리며 단상 위에 섰다.

"우리는 모든 위기를 이겨 내고 살아남았습니다. 요즘 차별에 대한 불만들이 많습니다. 이런 풍요로운 세상에 사람들 간의 차별이라니 말이 되겠습니까! 저는 세상의 차별을 없애기 위해 여러분과 함께 싸워 나가겠습니다. 이 한 몸을 바치겠다는 말입니다. 하지만 오늘 하루만은 여러분 모두 기쁜 마음으로 축제를 즐기시기 바랍니다."

사람들의 비웃음에 아랑곳없이 부울러나베만이 축제의 시작을 알리는 축포의 단추를 누르는 순간이었다. 갑자기 웅웅, 우르릉, 우르릉 땅이 요동을 치기 시작했다. 하늘 위 높은 곳에서 펑 하고 축포가 터지는 찰나 뚝! 소리를 내며 지구가 반으로 갈라지고 말았다. 한껏 물을 먹은 지구라는 콩에서 싹이 돋아난 것이었다. 이렇게 해서 오래전 지구에서 화려한 문명을 꽃피웠던 마문명이 사라졌다.

지구콩이 발아한 지 360년이 지난 어느 날 커다란 손 하나가 지구를 태양의 궤도에서 들어내더니 예쁘고 동그란 콩 하나를 그 자리에 올려놓았다. 그러자 그 콩은 다시 파랗게 반짝이며 밤과 낮 그리고 봄, 여름, 가을, 겨울을 만들며 빙빙

돌기 시작했다.

이성우

미니픽션 신인상, 제2회 부엉이 철학 동화상 수상
동화 『선글라스를 낀 개구리』, 『모음이 이야기』, 그림책 『여우의 꿈』
미니픽션 「모피상인」, 「당근파리」, 「슈퍼바이러스 안운학」 등 발표

질척이던 밤

로길

질척거리는 밤에 허겁지겁 가전제품 마트로 향했다. 가장 크고 좋은 냉장고를 샀다. 거실 한복판에 냉장고를 두고는 기억 일부를 냉장 칸에, 또 다른 일부는 냉동고에 넣고 문을 쾅 닫았다. 젊은 쇠사슬로 냉장고를 꽁꽁 묶고 손을 거칠게 털었다. 아주 작고 푸른 기억은 상온에 두기로 했다.

얼레지의 추억

이청수

기다리고 기다리던 날이다. 날씨마저 돕는다. 며칠째 계속되던 황사에 미세먼지도 걷히고 근래 보기 드문 파란 하늘까지 보이니 모든 것이 만족스러웠다.

"날씨 죽이네. 좋았어!"

오랫동안 만나지 못한 숨겨 둔 여인과의 데이트를 앞둔 바람난 중년의 마음이 아마 이럴 것이다. 설렘에 자신도 모르게 가속페달에 힘이 들어간다.

전라북도 완주군 불명산 자락에 위치한 화암사. 구름이 산을 넘다 바람에 걸려 천연덕스럽게 눌러앉은 듯한 오래된 절집이다. 다행히 세상에 많이 알려지지 않아 고즈넉한 옛 모습을 잘 간직하고 있다. 그런데 이른 봄 이맘때가 되면 이야기는 달라진다. 화암사 아래 계곡을 따라 온갖 야생화가 꽃망울을 터트려 장관을 이룬다. 각양각색의 복수초, 금낭화,

뱀딸기꽃, 구슬붕이, 미나리냉이, 현호색, 노루귀, 얼레지 등등 이름 대기에도 숨 가쁜 봄꽃들이 숨바꼭질하듯 흐드러지게 피어나 야생화 사진 촬영의 성지가 된다.

　화암사 주차장에는 벌써 제법 많은 차가 있었다. 이제 막 도착해 카메라 장비를 꺼내는 사람들도 보였다. 커다란 카메라 본체에 대포 같은 렌즈를 장착해 언뜻 보기에 모두 전문가의 포스가 보인다. 요즘 50, 60대 사진 애호가들이 늘고 있다더니 그 말이 실감 난다.

　"어디서 오셨어요?"

　"○○에서 왔어요."

　"멀리서 오셨네요. 좋은 사진 많이 찍으셔요."

　간단한 인사를 나누고 계곡을 따라 난 등산로로 들어선다. 그 길 양쪽으로 군데군데 각종 야생화가 군락을 이루고 있다. 그중 내가 학수고대하며 일 년을 기다려 찾은 것은 얼레지꽃이다. 그 생김새가 단아하기도 하고 발랄하기도 하고, 그래서 어느 시인은 얼레지를 이렇게 말했다. 스쳐 가는 바람의 유혹을 이기지 못해 쉽게 마음을 내어 주고 속절없이 치마를 걷어 올린 화냥기 많은 년이라고. 오죽하면 꽃말이 바람난 여인일까. 얼레지의 입장에서는 상당히 자존심이 상하는 말일지도 모른다. 하지만 그것이 또 얼레지의 매력이기도 하다. 얼레지는 눈 속에서 꽃을 피우는 복수초와 함께 봄에 가장 먼저 피는 백합과의 다년생 식물이다. 고목나무 옆에 기대어, 바위 밑에 대충 숨어서 피기도 하고, 절벽에 매달려 곡예하듯 위험한 자세를 취하기도 하고, 또 평지에 그냥 아무렇지 않게 무심히 피어 어떤 놈은 다소곳이 또 어떤 놈은 치마를 홀렁 까뒤집고 잔뜩 교태를 부리기도 한다.

일찍 온 진사들은 이미 계곡 여기저기에서 야생화 찍기에 분주한 모습이다. 나는 복수초나 현호색 등은 곁눈질로만 만족하고 계곡을 따라 천천히 올라갔다. 오늘 나의 목표는 오로지 얼레지꽃 사진이다. 주변 배경이 좋고 빛으로 곱게 단장해 기품이 있으면서도 적당한 색기를 품고 있는 맞춤한 얼레지꽃을 찾기 위해 나의 눈은 호기심 많은 사춘기 소년처럼 바쁘게 움직인다.

화암사로 오르는 긴 철재 계단이 시작되는 곳, 작은 폭포가 있는 곳에서 마침내 곱게 차려입고 주변과 잘 어울리는 얼레지꽃을 발견했다. 사진 프레임에 걸리는 장애물도 없고 배경이 되는 뒤쪽에 폭포가 흐르고 있어 내가 원하는 최적의 포인트였다. 속으로 쾌재를 부르며 조심스럽게 다가가 카메라를 들이댔다. 그런데 뷰파인더 속 얼레지의 꽃이 좀 덜 벌어져 있다. 얼레지는 기온이 떨어지면 꽃잎을 다소곳이 숙여 오므리고, 기온이 적당히 올라가면 꽃잎이 벌어지기 시작한다. 이 꽃이 치마를 활짝 들어 올려 한껏 멋을 내고 애교를 부리려면 시간이 좀 더 필요해 보인다. 해가 좀 더 더워질 때까지 자리를 지키고 기다릴까를 한동안 고심하다가 그래도 오랜만에 찾은 화암사 부처님께 문안 인사부터 드리는 것이 도리라는 생각이 들었다. 자리 비우는 것이 불안해 괜히 혼잣말을 흘리며 일어선다.

"한눈팔지 말고 잘 있어. 바람피우지 말고. 금방 올 테니."

어느 시인의 말처럼 화암사는 잘 늙은 절집이다. 수더분하면서도 우아한 품격을 지닌 절집 분위기에 내 마음도 차분해진다. 아침에 집을 나서며 가졌던 아무도 찍지 못한 멋진 사진을 찍겠다는 욕심도 다 부질없는 일로 여겨진다. 하기사 사진도 오입쟁이 제 욕심 채우듯 해서는 남들의 손가락질 받기 제격일 것이다.

극락전 부처님께 삼배를 올리고 좀 전에 봐 둔 얼레지꽃을 찾아 서둘러 나섰다. 어느 정도 기온도 오르고 햇볕도 좋아 지금쯤은 보기 좋게 만개했을 것이다. 설레는 마음으로 철계단을 내려와 내 사랑 얼레지가 있는 곳으로 막 들어서는데 주차장에서 만나 인사를 나눴던 진사들이 무엇에 놀란 듯 부리나케 자리를 뜨고 있었다.

"몰래 남의 여자 속곳을 봤나. 사람들 참 별스럽네." 하며 얼레지 쪽으로 조심스레 다가서던 나는 그 자리에 우뚝 멈춰 서고 말았다. 없다. 그녀가 보이지 않는다. 집 나간 서방을 기다리는 새색시처럼 다소곳이 기다리고 있을 것으로 철석같이 믿었던 얼레지꽃이 감쪽같이 사라지고 없다. 황급히 사라지는 진사들의 뒷모습이 의심스럽다. 그 등짝에다 대고 원망의 눈총을 쏘아 보지만 심증은 있으되 물증이 없으니 그저 속만 끓일 뿐이다. 망연한 표정으로 한동안을 그 자리에 서 있다가 이미 사라지고 없는 애꿎은 얼레지꽃에 대고 화풀이한다.

"조신하지 못한 년. 그새를 못 참고 외간 놈들에게 치맛자락을 걷어 올려."

이청수

2019년 미니픽션 무크지 등단
미니픽션 「9회 말」, 「마감효과」, 「미라클 모닝」 등 발표
전 대전MBC 프로듀서

유빙(流氷)

윤신숙

'던져!'

사람인지 짐승인지 알 수 없는 목소리가 여행객들에게 지시했다.

'던져, 빨리 던져!'

북극 빙하로 떠난 여행객들이 서로 눈치 보며 망설이다가 포효하는 듯한 그 목소리에 다들 가지고 있는 것들을 내던졌다. 최고의 셰프인 봉식은 언제 가져왔는지 고급 식기구들과 음식에 쓰려고 모아 놓았던 식자재들을 바다를 향해 힘껏 던졌다. 넓은 딸기 농장 주인은 정성스레 키웠던 딸기들을 박스째 던져 버렸다. 젊은 날 유명해진 소설가는 계속 책을 내야 하는 부담으로 사무실에 갇혀서 수십 권의 책을 냈지만 더 이상 빛을 보지 못하자 여든의 굽은 몸으로 한 권, 한 권 책을 내던졌다. 삼십 대 남녀 싱글들은 자기들이 만든 가상의 집들을 지체 없이 내던졌다.
마약 중독자들은 마약에 취한 채 돈다발을 내던졌다. 젊은
부부들은 꽃바구니에 넣은 아기들을 몰래 물 위에 띄우고
사라졌다. 너도 나도 던질 준비하던 사람들이 아기들이 떠
내려가는 것을 보고 멈췄다. 잡을 수도 멈출 수도 없는 상
황에서 여행객들은 양조장 사장이 버리려던 술을 퍼마시
며 쓰러졌다.

　미준과 주연은 처음 글쓰기 교실에 가서 선생님이 보여 준
영상에 놀랐다. 글쓰기 이론을 가르쳐 주는 줄 알았는데 난
데없이 북극 여행기 영상부터 보여 주었기 때문이다.

　미준과 주연은 대학교 연극반에서 만나 사랑했으나 각자
의 결혼으로 헤어졌다 오십 년 만에 글쓰기 교실에서 만났
다. 글쓰기 선생님은 수강생들에게 지금껏 살아온 저마다의
이야기를 이 영상에서 보듯이 풀어놓으라고 했다.

　주연 : 어느 소설가가 인생은 소설 같다고 했는데 글쓰기
　　　　교실 영상을 보니 픽션인 줄 알지만 참담했어. 무얼
　　　　써야 할지 몰랐는데 감을 잡은 것 같아.

미준 : 나도 영상을 보고 놀랐어. 그토록 숨기고 싶던 비루한 과거들이 그다지 비참하게 느껴지지 않았어. 지나고 나니 새로운 열매를 맺듯 부끄럼 없는 글을 쓸 것 같아.

미준과 주연은 두 번째 글쓰기 교실에 참석했다.

선생 : 안녕하세요? 여기 오신 분들은 무조건 글을 쓰셔야 합니다. 글쓰기? 걱정 안 하셔도 됩니다. 한 줄이든 장문이든 자유롭게 쓰시면 됩니다. 소재도 어떤 것이든 됩니다. 마음속에 있는 한이나 자랑거리도 좋고, 세상 밖 풍경을 스케치하듯 글로 쓰셔도 됩니다. 수취인 없는 편지도 좋습니다. 독백이나 고해성사 같은 글도 됩니다. 혹시 알아요? 별나라로 돌아간 사람들이 어느 날 심심할 때 여러분들의 글을 볼 수도 있을 테니까요. 질문 있으시면 하세요.

수강생1 : 전 자서전을 쓰고 싶은데, 여럿이 모여 수다 떨 때는 이야기가 술술 나오며 신났었는데 막상 펜을 들고 쓰려고 하면 무엇부터 써야 할지 막막하더라고요.

또 수다 떨 때는 기분이 좋았는데 그때뿐 응어리진
마음은 풀리지 않더라구요. 이것을 어떻게 풀지, 글
로써 가능할까요?

선생 : 아, 그것은 글로 쓴다고 해결될 문제는 아니라고 봐
요. 단지 글쓰기 과정에서 이야기할 때와는 달리 자
기도 몰랐던 마음 깊이 숨어 있던 어떤 것을 만나게
될 거예요. 그것이 희로애락과 그 외에 또 다른 무엇
이긴 한데~ 그걸 만나는 순간……, 뭐 그런 아름다
움이 있어요. 그 또한 순간이지만요. 그건 글 쓰는
사람만이 알 수 있는 몫이에요.

수강생2: 근데 친구들이 저물어 가는 우리 나이에 자서전 한
권은 남겨야 한다고 작가에게 대필하든가 본인이
쓴 자서전을 주는데 지루해서 읽기가 싫더라고요.
힘들고 슬펐던 대부분 우리들의 공통적인 이야기임
에도 불구하고 공감은커녕 거부감이 들더라고요.

수강생3: 선생님, 저는요, 눈도 침침해서 책 읽기가 어렵고,
유튜브 보는 것이 훨씬 재미있더라고요. 글 쓰는 시

대는 끝나 가는 것 아닐까요?

선생 : 좋은 질문입니다. 영상 시대에 글들은 점차 독자를
잃어 갑니다. 그렇지만 영화나 연극 등의 바탕은 글
입니다. 자서전일 경우 태어나 지금까지 일생을 순
서별로 쓸 수도 있겠지만, 작가가 꼭 쓰고 싶은 인생
의 어떤 한 부분을 잘라내어 쓴 짧은 글들을 모아 사
진이나 삽화를 넣어 편집한 순서대로, 아니면 뒤섞
어 구성해도 됩니다. 또한, 부부나 친구처럼 마음 맞
는 사람끼리 함께 살아온 부분을 편지 형식으로 주
고받은 것을, 예를 들면 2인 자서전을 내서도 좋지
않을까요? 사실 이 생각은 회원님들 질문에 저도 모
르게 나온 아이디어입니다.

수강생인 주연과 미준은 선생님이 제시한 2인 자서전 쓰기
에 서로 마주 보며 깜짝 놀랐다. 꼭 자기들이 해야 할 임무가
주어진 것처럼. 글쓰기에서 생각지도 않은 어둠에서 빛을 만
난 듯. 강의를 듣고 있는 중에 강의실 문이 스르르 열리며 희
미한 실루엣이 보였다. 귀에 익은 목소리도 들렸다. 목소리
주인공은 지난 여름방학 때 갑자기 세상을 뜬 이말분 회원이

었다.

이말분 : 갑자기 죽은 나 때문에 걱정들 많이 했을 텐데……
　　　　나도 내 죽음에 놀랐거든. 그런데 그날 함께 죽은
　　　　사람들이 많아서 무서운 것도 몰랐어. 몸은 툭 떨어
　　　　져 나갔지만 기분이 나쁘지 않았어. 마치 거대한 빙
　　　　산이 조각나면서 여러 유빙이 에메랄드 바다 위를
　　　　떠다니는 것 같아 외롭기는커녕 즐거웠어. 어디선
　　　　가 성가가 울리고 나를 인도하는 합창을 들으며 지
　　　　금까지 잘 지내고 있어. 어느 곳에 있는지 알 수 없
　　　　으나 인사도 못 하고 온 복지관 회원들이 보고 싶어
　　　　서 짬을 내어 나와 본 거야.

수강생 4: 선생님, 너무너무 반가워요. 제가 복지관에 오가면서
　　　　보니 선생님 집 대문의 전등이 두 달째 켜져 있었어
　　　　요. 문틈 사이로 활짝 핀 분꽃이 보였고요.

이말분 : 그 불빛과 분꽃이 바로 나야.

　　회원들은 갑작스러운 상황에 당황했으나 사라진 고인의

안부에 마음이 편안해지며 다시 수업을 진행하였다.

수강생들은 선생님이 내준 글쓰기 과제에 끙끙거렸다. 그럴 때마다 선생님은 다른 버전의 '던져' 시리즈의 영상을 틈틈이 보여 주었다. 수강생들은 그 영상을 되새기며 용기를 내어 저마다 내던지고 싶었던 일들을 써 냈다.

선생님은 신이 나서 수강생들이 써 낸 새로운 '던져' 이야기를 영상으로 만들어 보여 주기를 이어 갔다. 집단으로 응어리졌던 수강생들의 사연이 시간 속 이야기 빙하를 이루고, 그 사연들은 부서지며 깨지며 어디론가 물이 되어 함께 흘러갔다.

윤신숙

2007년 《한국산문》에서 「클래식 기타와의 여행」으로 등단
2020 양천문학상 수상
극단 '날좀보소' 단원

잘 있거라 나는 간다

조데레사

열차 출발 시각은 아직 30여 분이 남아 있었다. 행선지를 부산으로 정한 건 아마 본능이었을 것이다. 내가 태어난 곳이고, 청소년기 땐 바다를 친구 삼아 성장했다. 드넓은 바다를 바라보면 알 수 없는 희망과 기대가 차오르면서 숨통이 트이곤 했다. 그곳에는 아직도 소식을 전하며 지내는 몇몇 동창들과 첫사랑도 살고 있다.

'내가 어떤 마음으로 나왔는데……' 이른 시간임에도 서울역은 오고 가는 사람들로 벌써부터 붐비고 있었다. 나는 마치 이방인이 된 듯 사람들 틈에 아무 생각 없이 우두커니 서 있었다. 참으로 오랜만에 보는 역사 안 풍경이다. 플랫폼으로 내려가 열차 좌석표를 확인하고 서둘러 자리를 잡았다. 오랜만에 타 보는 무궁화호였다. 집에서 나올 땐 비장감마저 들었는데 열차에 몸을 싣고 보니 알 수 없는 설렘이 내 몸을 감쌌다.

나에겐 딸과 사위가 있다. 딸과 사위는 비행기 승무원이
다. 그리고 나에겐 눈에 넣어도 아프지 않을 외손자가 있다.
나에게 없는 건 남편이다. 남편은 딸이 대학에 가던 해 폐암
으로 세상을 떠났다. 딸과 함께 고생스러울 때마다 남편이
원망스러웠다. 딸이 대학 졸업 후, 항공사에 입사했을 때 딸
을 부둥켜안고 울었다. 또 같은 항공사에 다니는 남자친구를
집에 데려와 결혼하겠다고 했던 날도 둘은 부둥켜안고 울었
다. 딸은 그렇게 나의 전부였다.

딸은 결혼 후, 아이 낳을 생각을 안 했다. 그건 사위도 마찬
가지였다. 첫 번째 이유는 자신들의 직업상 아이를 키울 여
건이 안 된다는 거였고, 두 번째는 아이를 키우려면 경제적
으로나 시간적으로 자신들의 삶을 너무 많이 희생해야 한다
는 것이었다. 결국 이것저것을 따지며 5년이라는 시간이 흘
러갔다. 그런데 코로나가 터졌고 딸과 사위는 점차 비행시간
이 줄어들면서 처음엔 반 정도 받던 월급이 코로나 일 년, 이
년이 지나면서 무급이 되기에 이르렀다. 대신 시도 때도 없
이 하늘에 떠 있던 둘의 시간은 넘치도록 많아졌다. 그리고
그렇게 낳지 않겠다던 아이가 생겼다. 임신 소식을 들은 사
위는 다음 날부터 타일 붙이는 기술을 배우더니 타일공으로

일했다. 손자가 태어나자, 세상 만물을 얻은 듯 기쁘고 행복
했다. 그리고 얼마 지나지 않아 코로나 상황이 풀리면서 둘
은 다시 비행을 시작했다. 내가 손자를 떠안게 된 건 그즈음
인 거 같다. 손자가 태어난 지 6개월도 안 된 때였다. 이제 손
자는 두 돌이 지났다.

"이거요."

앞좌석에 앉은 꼬마가 내 무릎을 톡톡 치며 달걀 한 개를
건넨다. 영리해 보이는 아이다.

"몇 살이니?"

"다섯 살이요."

"아이가 똑똑하네요."

아이의 엄마라기엔 나이가 있어 보이는 여자에게 말을 건
넸다.

"네, 감사합니다. 결혼한 지 10년 만에 낳았어요. 시험관 시
술로요. 오늘 모처럼 시간 내서 아이와 함께 기차여행 가는
거예요."

묻지도 않은 말에 명랑한 목소리로 대답하는 여자는 물론,
온 가족이 정말 행복해 보였다.

'그래, 시험관까지 해서 저렇게 고생해서 아기를 갖는 부부

들도 있는데…… 내 딸은 운이 좋았던 게지, 또 그렇게 귀한 손자를 봤으니 난 행복한 사람이지.'

자조 섞인 한숨이 나왔다.

'이렇게 시간을 보내고 나면 병에 걸릴 것 같은 이 우울한 기분도 좀 나아지겠지.'

기차 창밖으로 보이는 풍경이 답답한 가슴을 조금씩 풀어 주고 있었다. 기차를 타면서 켠 휴대폰 벨이 울린 건 그때였다. 딸이었다. 안 받을까 하다가 전화기를 들고 객실 밖으로 나왔다.

"엄마, 쪽지 한 장 달랑 써 놓고 새벽에 그렇게 나가면 어떡해! 전화기도 꺼 놓고! 괜찮은 거죠? 오늘은 비행이 없어 다행이지만 내일 오후까지는 돌아와야 해요."

제 말만 앞세우는 딸이 야속했다.

"엄마는 좀 쉬고 싶어."

잠깐 정적이 흘렀다.

"알아요. 엄마 힘든 거…… 미안해. 그래도 여행을 가고 싶으면 말을 해야지. 이렇게 말도 없이 나가 버리면 어떡해요. 엄마에게 오늘은 꼭 할 말도 있었단 말야."

딸이 울먹였다. 가슴이 덜컥 내려앉았다.

"왜? 무슨 일 있니?"

"엄마, 사실은 나 둘째 임신했어. 6주래…… 어떡하지?"

'딸은 나에게 무얼 묻고 싶은 걸까?' 가슴에 돌덩어리가 하나 더 얹히는 기분이었다. '기차는 또 왜 이리 늦게 달리는 거야.' 이럴 줄 알았으면 KTX를 탈 걸 그랬다는 생각이 들었다. 부산역에 내리자마자 달리듯 택시 승강장으로 향했다.

"기사님, 해운대로 가 주세요."

핸들을 잡고 출발하려던 택시 기사는 흘낏 룸미러로 나를 보는 듯하더니 고개를 돌려 빤히 쳐다보았다.

"혹시?"

"……."

"바다로 가 주세요."

조데레사

한국미니픽션작가회 회원. 논술 및 공부방교사
2018년 미니픽션집『혼자 괜찮아?』공저
2019년 한국미니픽션작가회 신인상 수상

춘당 카페

김영희

카페는 '춘당'이라는 이름에 걸맞게 늙수그레한 노인들이 자리를 잡고 있었다. 점심을 먹고 춘당카페의 기본 메뉴인 '꼰대 아메리카노'를 마시며 오후의 여유를 즐기러 오는 이른바 '꼰대'의 놀이터인 셈이었다.

"이봐, 종업원!"

난데없는 고함에 카페에 있던 사람들은 소리의 진원지를 찾아 두리번거렸다. 카페 창가 쪽의 중년 남자에게 이목이 쏠리며 순간 물을 끼얹은 듯 조용해졌다. 남자는 알바생과 눈이 마주치자, 손가락을 까닥이며 오라는 손짓을 했다. 알바생은 주문받다가 남자에게로 다가갔다. 남자는 횡설수설하며 뭔가를 요구했지만, 요점 파악이 어려운지 알바생은 난감한 표정을 지었다.

주말에다 점심시간이 끝난 시간이라 카페는 몰려드는 손

님들로 북적거렸다. 알바생은 길어지는 남자의 말을 듣다 계산대 쪽으로 눈길을 돌렸다. 손님들이 음료를 주문하기 위해 줄을 길게 서 기다리고 있었다. 마음이 바빠진 알바생은 남자 말을 가로채며 "에어컨 온도 내려 달라고요?"라고 했다.

남자는 자신이 말하는 중인데 종업원이 말을 끊었다며 손으로 탁자를 내려쳤다. 탁자를 얼마나 세게 내려쳤는지 커피잔이 바닥으로 굴러떨어졌다. 남자는 아랑곳하지 않고 갑자기 자리를 박차고 일어나더니 알바생을 향해 삿대질했다. 눈은 쌍심지를 돋우며 카페가 떠나갈 듯 고함을 질러댔다.

"야! 내가 누군지 알고 말을 끊어. 손님이 왕이란 말도 몰라. 교육을 그따위로밖에 안 받았어?"

알바생은 머리를 조아리며 남자에게 사과했다.

"죄송합니다. 카운터에 손님들이 많이 기다리고 있어 마음이 바빠서 그랬습니다."

남자는 무슨 건수라도 잡은 사람처럼 콧구멍을 벌렁거리고 눈을 희번덕거리며 흥분했다. 알바생의 사과에도 아직 분이 안 풀리는지 고개를 이리저리 갸우뚱거리더니 고객센터의 전화번호를 물었다. 알바생이 모르겠다는 말을 끝내기도 전에 남자는 다시 고함을 쳤다.

"인마, 내가 그리 우습게 보여. 어디서 거짓말이야! 거짓말이."

남자는 대뜸 주인을 찾았다.

"주인, 주인 오라고 해. 도대체 종업원 교육을 어떻게 시킨 거야!"

남자에게서 술 냄새가 진동했다. 손님들은 고함을 지르고 무례하게 행동하는 남자에게 눈살을 찌푸리며 못마땅하게 바라보았다. 카페 안쪽에서 주인이 득달같이 달려 나왔다. 주인은 어르신, 어르신 하며 직원 교육을 제대로 하겠다며 거듭 고개를 숙여 사과했다.

남자는 자기 말을 존중하지 않는 알바생의 잘못을 무한 반복했다. 주문을 기다리던 손님들은 고개를 절레절레 흔들며 카페를 나가 버렸다. 주인은 안절부절못했다. 하지만 이런 일은 한두 번 겪는 게 아니라는 듯이 알바생과 함께 바닥으로 떨어진 커피잔을 치웠다.

'춘당 카페'의 젊은 주인은 아버지에게 물려받은 가게를 리모델링해서 카페를 열었다. 동네에서 오랫동안 정육점을 하던 가게였다. 아버지가 돌아가시자 아들인 젊은 주인이 물려받아 카페로 개조해 문을 열었다. 동네 주변 카페를 사전 조사하니 카페 입구에 '노인 분들은 다른 카페를 이용해 주세요'라거나 '꼰대 금지'라는 배너 입간판이 서 있었다. 그래서 젊은 주인은 그 반대인 '꼰대 환영'이라는 입간판을 내걸고 영업을 시작했다. 돌아가신 아버지를 생각하며 어르신들을 맞이하겠다는 마음으로 카페 간판도 '춘당 카페'라 지었다.

춘당 카페에는 자신의 화려했던 과거만을 생각하며 알바생에게 갑질을 부리는 소위 진상 손님이 하루가 멀다 하고 등장했다. 회사에서 명퇴한 남자는 제2의 인생을 설계한다며 보험설계사로 취업했다. 주말이면 백바지에 백구두를 신고 중절모를 썼지만 차림새는 허름했다. 남자는 카페 한쪽에 커피 한 잔을 시켜 놓고 약속한 친구나 고객들과 오후 내내 이 카페에서 미팅했다. 하루는 남자가 카페에서 담배를 뻑뻑 피우고 있었다. 알바생이 다가가 카페에는 금연이라 흡연을 삼가해 주십사 부탁했으나 남자는 오히려 알바생을 향해 커피를 뿌렸다.

"사는 게 얼마나 고달프면 그러시겠니. 외면은 까칠해도 내면은 따뜻한 분이야. 더군다나 혼자 사는 분이잖니. 우리가 이해하자."

꼰대 갑질에 억울함을 호소하는 알바생들에게 젊은 주인

은 오히려 진상남을 두둔했다. 주인은 남자가 식사도 안 했을 거라며 갓 구운 갈릭버터브래드를 알바생에게 가져다드리라 했다.

여자 손님 중에는 알바생에게 '라떼는 말이야'를 되풀이하며 복장과 외모를 지적질하는 손님도 있었다. 나이가 무슨 벼슬인 양 덮어 놓고 초면에 거친 말과 반말을 사용하며 알바생을 향해 '어이'라고 부르기도 했다. 춘당 카페는 동네에서 유명세를 탔지만 언젠가부터 사람들 사이에 이 카페를 '꼰대 카페'라 불렀다.

춘당 카페는 주인과 알바생들의 배려 덕분에 '꼰대 환영' 입간판처럼 어르신들이 편하게 드나들 수 있는 공간으로 주변에 소문이 자자했다. 더구나 커피가 맛있고 가격이 비교적 저렴하다는 이유로 항상 손님들로 북적거렸다. 시간이 지나니 자주 보는 얼굴을 서로 기억하고, 손님 중에 개념 없는 행동을 하면 어르신들이 나서서 꼰대 짓이라고 주의를 주며 카페의 질서를 찾아 나가고 있다.

젊은 주인은 꼰대들을 위한 신메뉴를 선보일 계획이다. 일명 '꼰대 라떼', '꼰대 스무디'를 조만간 출시 예정이다. 신메뉴 계획을 듣고 있던 알바생이 한마디 했다.

"꼰대 만세 비스킷도 해 보시구요. 꼰대 사탕? 꼰대 케이크는 어떠세요?"

김영희

《대구문학》 신인상, 《수필세계》 신인상, 경북문화체험전국수필대전 수상. 대구문화재단 창작기금수혜, 경북일보문학상, 대구문화예술진흥원 창작기금수혜(2023). 수필집 『오래된 별빛』, 『셈법』

파놉티콘

안영실

류가 찾아왔다는 소식에 나는 최대한 느린 걸음으로 접견실로 향했다. 그래 봐야 그곳은 사무실에서 딱 열두 걸음이었다.

"네가 간수를 하게 될 줄은 몰랐어."

가끔 찾아오는 류는 쓸데없는 말로 내 심기를 건드렸다. 그녀가 가져오는 책 보따리만 아니었다면 나는 류를 만나지도, 한 봉지밖에 남지 않은 캐모마일 차를 내놓지도 않았을 것이었다. 류는 찻잔을 들어 후후 불면서 일은 할 만하냐고 물었다. 귀여운 오렌지색 입술에서 눈길을 돌리며 나는 건성으로 고개를 끄덕였다. 류는 눈을 동그랗게 뜨고 여기서 하는 일은 구체적으로 무엇이냐고 물었다.

"간수가 하는 일이 다 그렇지 뭐."

3층 원형으로 된 감옥에는 방들이 늘어섰는데, 그곳엔 예민하고 거친 동물들이 방을 차지하고 있다. 나는 종일 이곳 저곳을 드나들며 먹이고 청소하며 녀석들이 싸질러 놓은 똥을 치웠다. 녀석들이 원하는 먹이를 제공하기 위해 동분서 주했으며 일일이 엉덩이를 쓰다듬고, 털도 가지런히 빗겼다. 나는 밖에서 영양가 있는 것들을 구해 와서 각 방에 공정한 분량으로 배분했다. 다른 것에 눈을 돌릴 수도 없을 만큼 품과 정성을 쏟아야 하는 일이고, 시간도 많이 잡아먹었다. 최근에는 영화나 전시, 공연 관람도 가지 못했고, 녀석들을 돌보느라 누군가와 친밀한 관계를 오래 유지할 수도 없었다. 류와 키르기스스탄의 이식쿨 호수를 가자고 약속했지만, 녀석들을 돌봐줄 사람을 구하지 못해서 취소했는데, 그것이 류와 이별하게 된 이유 중 하나가 되었다.

녀석들은 그런 사정 따위는 알 바 없다는 듯, 내가 다른 방에서 시간을 더 보내고 자신은 덜 보살펴 주는 것 같다며 불평하곤 했다. 어떤 녀석은 먹이를 나눠 주는 내 동작이 민첩하지 못하다며 불만이었고, 또 어떤 녀석은 자신이 필요한 책이 아닌 허접쓰레기를 가져왔다며 으르렁대기도 했다. 이런 사정을 어떻게 류에게 말할 수 있겠는가.

"왜 이런 일을 하는 거야? 밖에 즐거운 일이 얼마나 많은데."

너는 즐거우면 그만이겠지만 난 그것으론 부족해, 하고 말하고 싶었지만 나는 대답을 꿀꺽 삼켰다. 처음에 우리는 뜨겁게 끌렸지만, 함께 지내면서 둘 사이에는 깊은 강이 흐르는데, 건너편으로 갈 배도 없고 건너갈 의지도 없다는 사실을 알고 헤어졌다. 그런 처지면서도 나는 류에게 계속 책을 부탁했다. 중고서점을 운영하는 류는 투덜거리면서도 내 부탁대로 책들을 싣고 와 주었다. 나는 류가 가져온 보따리를 끌어당겼다. 낡은 책 특유의 쿰쿰한 냄새가 올라왔다. 나는 굶주린 듯 책을 뒤적였고, 류는 한숨을 쉬며 일어섰다.

"또 올 거지?"

급히 묻는 내 질문은 거위가 홀로 짝을 부르는 소리처럼 들렸는데, 류는 돌아보지도 대답하지도 않았다. 여윈 어깨와 가는 발목이 곧 넘어질 듯 아슬아슬해 보였다. 점심이나 먹자고 할 걸 잘못했다는 생각을 했지만, 배식을 기다리는 놈들의 웅성거림이 들려서 나는 곧장 사무실로 돌아갔다.

사실 녀석들은 나로 인해 감옥에 있기에 잘해 주려고 애를 썼다. 잘 먹고 무럭무럭 자라서 어서 이 감옥을 나가거라. 뼈가 튼튼해지고 다리에 힘이 붙어야 저 사막을 건널 수 있어. 나는 먹을 것은 충분한지, 밖에서 들인 영양제가 녀석들에게 잘 맞는지 늘 걱정했다. 항상 허둥대며 치다꺼리를 해도 이 상하게 늘 빚진 기분이 들었다. 그런데 아무리 잘 먹이고 영양제를 갖다 바쳐도 녀석들은 꿈쩍도 하지 않았다. 감옥이 밖보다 안전하다고 믿는지, 도대체 나갈 생각조차 없어 보였다. 녀석들은 바닥이나 책꽂이에 나무늘보처럼 착 붙어서 이쪽저쪽으로 구르며 게으름을 피웠다. 저렇게 게으르고 냄새 나는 녀석들을 누가 좋아할까 싶은데, 이상하게도 나는 녀석들이 사랑스럽고 가끔은 측은한 마음이었다. 놈들도 세상으로 나가고 싶을 텐데. 놈들이 석방되지 못하는 까닭은 내가 그들을 끌어안고 있기 때문인 것만 같았다. 며칠 전에는 놈들이 단체로 시위를 벌였다. 오래된 세면대를 교체해 줄 것과 목욕 시간을 더 달라는 요구였다. 책은 중고가 아닌 신간으로 구해 올 것, 기분 전환을 위해서 죄수복을 칙칙한 회색이 아닌 화려한 색으로 바꿔 줄 것. 녀석들이 펄럭거리는 기고만장한 요구와 시끄러운 잔소리에 나는 아주 녹초가 되었다. 놈들만이 아닌 나 자신도 이 감옥을 빠져나갈 수 없을 것 같은 걱정이 밀려와 잠을 설쳤다.

나는 다시 길을 찾는 마음으로 류가 가져온 책을 뒤적거렸다. 보르헤스라는 작가는 인간은 길게 놓고 볼 때 자신의 정황 그 자체라고 말했다. 또 몇 줄 아래에는 자신은 감옥에 갇힌 사람이라고 표현했다. 나야말로 '감옥에 갇힌 사람'이다, 라고 쓰는데, 한글 맞춤법 도사는 '감옥'이 아니라 '교도소'가 적절하다고 지적하는 것이었다. 여긴 '교도소'가 아니라 '감옥'이라고 해야 분위기에 찰떡인데 말이다. 감옥과 교도소라는 어휘의 미묘한 뉘앙스조차 모르는 맞춤법 도사는 '감옥'의 빨간 밑줄을 끝까지 지우지 않았다.

　점심을 배식한 후에 101호와 303호, 206호와 207호를 자세히 둘러보았다. 낮잠에 빠진 녀석들의 등은 짜르르 윤기가 돌았다. 곧 세상으로 나갈 녀석들이었다. 물그릇이 말라 있어서 나는 서둘러 우물로 가서 두레박을 내렸다. 태양은 뜨겁게 목덜미를 내리그었고 얼굴에서는 사정없이 땀이 흘렀다. 물 주전자를 들고 헐레벌떡 뛰는 나의 노동이야 알 바 없다는 듯이, 녀석들은 여전히 자빠져 자고 있었다. 녀석들이 깰세라 물통에 조용히 물을 채우면서 문득 나는 알았다. 내가 그들을 관리 감독하는 것이 아니라는 사실을. 나는 그들의 간수가 아니었다. 생각할 여력이 남아 있는 한 나는 죽을 때까지 방마다 치다꺼리해야 하는 죄수였다. 손은 부르트고 혹독한 노동으로 발바닥은 화끈거리는데, 아직도 이곳으로 들어오려고 기다리는 짐승들도 많았다. 창밖을 내다보니 별

의별 짐승들이 길게 줄을 서 있는 게 보였다. 코끼리와 하마, 아르마딜로와 고래까지 있다. 나는 다시 보르헤스를 펼쳤다. 자유로워지려면 보르헤스가 엿보았다는 그 '알렙'을 찾아야만 이 지리멸렬한 곳에서 벗어날 수 있을 것 같았다. 문제의 그 19번 계단을 찾아서, 내 노동에 마침표를 찍어야만 하는 것이다. 그러려면 한 녀석이라도 더 빨리 내보내서 내 노동을 줄여야 했다.

오늘 나는 204호에 거주하던 녀석을 깨워서 씻기고 새 옷을 입혔다. 털을 가지런히 다듬고 '파놉티콘'이란 이름표를 달고, 엉덩이를 툭툭 두드리면서 밖으로 밀어냈다. 문밖으로 나간 녀석의 어리둥절한 표정이 조금 우스꽝스러워 보였다.

"잘 가. 가서 사랑받으면서 잘 살아야 해!"

나는 묘하게 간절해지는 마음으로 손을 번쩍 들었다.

안영실

1996년 《문화일보》 중편 「부엌으로 난 창」으로 등단.
2019년 박인성문학상, 성호문학상, 김포문학상, 문학비단길 작가상
소설집 『큰 놈이 나타났다』, 『화요앵담』, 장편소설 『설화』

핀란드 연어 낚시

김혁

어느 날, 머나먼 핀란드의 여인으로부터 문자가 왔다. 처음 보는 낯선 텔레그램 계정을 통해서였다.

"안녕하세요? 나는 핀란드 헬싱키에 사는 제니퍼입니다. 초면에 실례가 많다. 나는 한국을 아주 좋아한다. 몇 가지 질문을 해도 될까요?"

서툰 한국말이 오히려 묘한 친근감을 주었다. 프로필 사진을 보니, 전형적인 북유럽 미인이었다. 나이는 30대 중반쯤으로, 청순하면서도 섹시해 보였다. 특급 호감에 조금 당황스럽기도 하고 설레기도 한 K는 이런저런 상상을 하며 답을 보냈다.

"반가워요. 뭐든지 물어보세요. 한국어를 아주 잘하는데 어떻게 배웠나요?"

"나는 한국어를 할 줄 모른다. 지금 구글 번역기를 사용하고 있어요."

"아하, 그렇군요. 참 편리한 세상이에요. 뭐가 궁금한가요?"

"한국 영주권을 얻으려면 어떻게 해야 하나요? 많이 어려운가요?"

"아주 쉬워요. 당신이 나하고 결혼하기만 하면 돼요, 하하하!"

"호호호! 그렇군요. 당신은 유머가 많은 사람 같다. 내 마음에 들어요. 먼저 서울 이태원에서 발생한 사고 소식에 너무 가슴이 아파요. 젊은이들이 축제를 즐기다 그렇게 죽으면 절대 안 된다! 그분들의 명복을 빌고 싶어요."

"네, 맞아요! 너무 어처구니가 없고 끔찍한 사고였어요. 애초에 일어나서는 안 되는 일이었어요. 충분히 막을 수 있었는데도 막지 못해서, 너무나 슬프고 화가 나요. 돌아가신 분들에게 그저 미안할 뿐이에요."

답을 보내고 나니 K는 또다시 가슴이 먹먹해졌다. 밑바닥에서 울분이 불덩이처럼 치밀어 올라왔다.

"이번에 크게 충격받은 사람들이 많을 텐데, 트라우마를 잘 극복하길 빌어요."

"고마워요. 하지만 그게 쉽지는 않을 것 같아요."

"물론 그럴 것이다. 그러나 당신들은 이겨 낼 것이다! 꼭 그렇게 해야 합니다."

"그래야겠지요. 나는 요즘 당신네 나라 음악가인 시벨리우스의 〈핀란디아〉를 들으면서 아픈 마음을 달래고 있어요."

과거 핀란드가 러시아 치하에서 신음할 때, 국민에게 희망을 불어넣고 투쟁심을 고취시켰던 〈핀란디아〉는 그가 나라를 잃고 떠도는 망명객처럼 마음이 우울하고 답답할 때면 즐겨 듣는 음악이었다.

"오, 당신이 우리나라에서 국민음악가로 존경받는 분의 음악을 들으며 위안을 얻는다니, 아주아주 감사해요! 그건 너무나 뜻밖의 일이다."

"워낙 유명한 곡이니까요. 자유를 위한 투쟁은 언제 어디서나 소중하지요."

"맞는 말이다! 음악의 마지막 부분에 나오는 '핀란디아 찬가'는 곧 자유의 찬가입니다. 그래서 우리나라에서는 제2의 국가로 불리고 있다."

"아, 그렇군요. 한국인들은 핀란드 하면 우선 사우나, 오로라, 그리고 자작나무 숲 같은 걸 떠올리지요. 아 참, 요즘은 핀란드 가구도 인기가 있고요, 하하하!"

"당신만 그런 게 아니라 다른 나라 사람들도 다 그렇다, 호호호!"

"그런데 러시아가 우크라이나를 침공한 이후에 생각이 많이 달라졌어요. 과거 핀란드 국민들이 막강한 러시아 군대를 상대로 용감하게 싸워서 이겼던 전투를 알고 나서 깜짝 놀랐어요. 정말 대단해요."

"오, 우리의 자랑스런 역사를 알아주다니 대단한 감격이다. 정말 고마워요."

"우리도 과거에 일본 제국주의의 침략으로 나라를 잃었던 가슴 아픈 역사가 있었기 때문에 깊이 공감해요. 남의 나라 일 같지가 않아요."

"그렇구나. 정말 가슴 아픈 역사를 가졌구나. 아무리 작은 나라라도 힘을 합쳐 싸우면 이길 수 있어요. 그런데 코리아는 왜 남쪽과 북쪽이 서로 갈라져서 많이 싸웁니까? 같은 민족이 아닌가?"

외국인에게 듣는 가장 곤혹스러운 질문이었다. K는 간단하게 답을 했다.

"그러게 말이에요. 불행한 역사 때문에 강대국들의 정치놀음에 희생양이 되었지만, 그 굴레에서 벗어나려고 남과 북이 열심히 노력하고 있어요."

"나는 한국에 대해 잘 몰라. 하지만 K팝은 잘 알아요. 너무 좋아해요, 호호호! 한국에 꼭 가고 싶어. 나 지금 열심히 투자해서 돈을 모으고 있어요."

"그렇군요. 좋아요. 우리 나중에 한국에서 만나요."

그날 이후, K는 밤마다 제니퍼와 문자를 주고받았다. 심야에 미지의 여인과 데이트를 하는 재미가 쏠쏠했다. 덕분에 핀란드 사람들이 일상적으로 살아가는 소소한 모습들도 많이 알게 되었다.

"제니퍼! 돈 많이 벌어서 한국에 오면, 내가 진짜 좋은 곳으로 안내할게요."

"고마워. 당신도 돈이 많이 필요하지요? 당신은 주로 무슨 투자를 하는가?"

"난 투자 같은 거 안 해요. 그냥 먹고살 만은 하니까 돈도 많이 필요 없어요."

"아니야. 서울 같은 현대 도시에 살려면 누구나 돈이 많이 필요한 법이다. 그리고 우크라이나 봐라. 돈이 있어야 나라도 지킬 수 있다. 가난하면 슬프다."

"제니퍼! 당신은 돈을 무척 좋아하는 것 같다. 그렇지?"

"그렇다. 당신은 돈을 좋아하지 않는가?"

"물론 나도 돈을 좋아한다. 그런데 다른 사람들이 나보다 더 좋아하기 때문에, 늘 나한테 돌아오지 않는다."

"호호호! 정말 웃긴다. 당신 말에 동감해. 나한테도 돈이 돌아오지 않아요."

"투자 말고 핀란드 얘기 좀 해요. 핀란드 여행은 나의 버킷 리스트 중 하나다. 언젠가 핀란드에 가서 사우나도 하고 오로라를 보며 낚시를 하고 싶어요."

"아주 좋아요. 그러기 위해서는 돈을 많이 벌어야 합니다. 핀란드 물가는 진짜 사악하기로 유명하니까, 호호호! 하지만 걱정하지 말아요. 당신도 큰돈을 벌 수 있어. 나는 유명한 은행에 근무하며 투자를 잘하고 있어요. 국제 금융 전문가니까 당신의 투자를 도울 수 있다."

청순하면서도 섹시한 그녀의 민낯이 드러나기 시작했다. K는 시치미를 떼고 계속 대화를 이어 나갔다.

"제니퍼! 궁금한 게 있는데. 당신은 지금 싱글입니까? 아니면 결혼했습니까?"

"나는 결혼했다가 이혼한 뒤로, 아이를 키우며 혼자 살고 있다. 당신은?"

"나도 혼자 살고 있어요. 나는 한 번도 결혼한 적이 없다."

"그렇구나. 많이 외롭겠다. 여자친구가 있어야 해요. 그리고 노후 준비를 위해서 투자를 더욱 열심히 해야 한다. 나를 믿어 주세요."

"당신은 좋은 사람 같다. 우리 서로 만나면 좋겠다."

"나도 당신을 꼭 만나고 싶어요. 우리는 잘 맞을 것 같다. 내가 아주 좋은 투자방법을 알고 있다. 나한테 투자하면 짧은 시일 안에 두 배로 돌려줄게. 꼭 약속한다! 내 말을 믿지 못한다는 걸 잘 안다. 그건 당연하다. 최근에 내가 투자해서 성공한 자료를 보내니까 잘 보세요. 아주 좋은 자료다."

자료를 보니 도통 이해할 수 없는 그래프들이 어지럽게 춤을 추고 있었다. 하지만 상관없었다.

"소중한 자료 잘 보았다. 정말 대단하다."

"내가 대단한 게 아니라, 우리 회사 시스템이 대단하다. 나를 믿어 주세요."

"알았다. 나를 이렇게 생각해 주니 고맙다. 일단 100달러를 보낼 테니, 당신의 실력을 보여 다오."

"오케이! 이것은 아주 좋은 거래입니다."

다음 날 K는 제니퍼 계좌로 100달러를 보냈다. 그리고 나서 1주일쯤 지난 후에, 제니퍼가 200달러를 보내왔다.

"오, 제니퍼! 보내 준 200달러 잘 받았다. 고맙다. 당신은 정말 투자의 천재다!"

"아니야! 천재는 아니고, 남들보다 조금 더 잘하는 정도다,

호호호!"

"이제 나는 당신을 100% 믿는다. 곧 1만 달러를 보내겠다. 그리고 기회를 봐서 계속 더 투자하겠다."

"와-우! 당신 최고다! 나는 너무 행복하고 기쁘다! 베리 베리 땡큐!"

"당신이 행복하다니 나도 행복하다."

"우리나라가 산타의 고향인데, 당신은 나의 진짜 산타입니다! 호호호!"

"난 산타가 아니라 루돌프 사슴이다. 사실 난 요즘 많이 힘들고 외롭다. 흑-!"

"왜? 친구가 이태원에서 죽었나? 아니면 여자친구가 없어서 외로운가?"

"세상은 갈수록 시끄럽고 불안한데, 밤은 너무 길고, 여자친구도 없고-."

"그렇구나. 지금 여기 헬싱키는 오후 3시인데 벌써 캄캄하다. 밤이 길어서 나도 요즘 많이 외롭다. 이혼한 이후로 남자친구도 하나도 없다. 만일 당신이 여기로 와 준다면, 난 너무 행복해서 미칠 것 같다. 아마 불가능한 일이겠지만."

"불가능한 건 아니다. 한국에서는 별로 할 일도 없다. 바로 핀란드 여행 준비를 하겠다. 거기서 당신과 함께 오로라를 보고, 연어 낚시나 하며 아무 걱정 없이 지내면 참 좋겠다. 생각만 해도 벌써 심장이 두근거린다."

문자를 보내고 나니, 당장 여행을 떠나기라도 하듯 몹시 들떴다. 이런저런 상상으로 마음은 벌써 핀란드에 가 있었다.

"그게 정말인가? 와-우! 믿을 수가 없다. 한국 사람들은 성격이 급하다더니 정말이구나, 호호호! 당신이 여기로 와 준다면 더 이상 바랄 게 없겠다. 프로필 사진을 보니 당신은 핸섬가이다! 내 마음에 꼭 든다."

"고맙다. 사람들은 실물이 더 낫다고 하더라, 흐흐흐! 그런데 제니퍼! 연어의 일생에 대해 알고 있나?"

"난 그거 모른다. 연어가 어떻게 살고 있습니까?"

"우리나라에서 태어난 새끼 연어들도 머나먼 핀란드 앞바다까지 가서 살다가, 나중에 여기로 다시 찾아와서 알을 낳고 죽는다."

"오, 그렇구나! 대단해요! 난 연어에 대해 잘 몰랐는데, 정말 감동이다! 핀란드와 한국은 오래전부터 연어를 통해 연결되어 있었구나."

"그런 셈이지."

"와 보면 알겠지만, 핀란드는 연어 천국이다. 앞으로 연어를 먹을 때마다 당신 생각이 날 것 같다. 내 생각에 이제 당신이 연어가 될 차례구나, 호호호!"

"그래, 난 지금부터 연어가 되어 당신의 몸을 향해 헤엄쳐 가겠다, <u>흐흐흐!</u>"

"오 마이 갓! 당신은 너무 웃기고 섹시해요, 호호호!"

그날 이후로 제니퍼로부터 1만 달러를 입금해 달라는 독촉이 빗발쳤다. K는 이런저런 핑계를 대며 달래다가, 마침내 작별문자를 날렸다.

"사랑하는 제니퍼! 오로라는 우주가 실수로 방전해서 만들어지는 거라는데, 그래도 참 신비롭고 아름답지?"

"너는 지금 무슨 예의 없는 소리를 하는 거냐? 좋은 기회를 놓치기 전에 빨리 돈을 부쳐 다오."

"알았다. 그런데 내가 그동안 깜빡 잊고 말을 안 한 게 있다."

"괜찮아요. 뭐든지 다 말해도 좋다. 이제 우린 친구니까."

"나는 미국은행에다 돈을 많이 넣어 두었다. 한국은 북한 때문에 불안하다."

"그러면 나는 더 좋구나! 그건 아주 좋은 소식입니다. 역시 당신은 똑똑해요."

"요즘 북한에서 미사일을 계속 쏘아 대는 거 당신도 알지? 그 바람에, 해외계좌가 모두 동결되었다. 그래서 당신한테 돈을 송금할 수 없다."

"……?"

"정말 미안하구나. 돈을 찾게 되면 즉시 송금하겠다. 그리고 핀란드로 연어 낚시를 하러 가겠다. 그때까지 안녕!"

청순하면서도 섹시한 제니퍼의 텔레그램 계정에서 빠져나오는 순간, 한 번도 가 보지 못한 북유럽의 차가운 바람 한 줄기가 K의 가슴을 싸— 하게 스치고 지나갔다. 그리고 잠시 콧날이 시큰해졌다.

김혁

1983년《한국일보》신춘문예에 단편소설「길고 긴 노래」당선
장편소설『장미와 들쥐』,『지독한 사랑』,『누가 울어』외

Fallin' in Friday

서빈

금요일 저녁의 도로는 주차장을 방불케 했다. 딸을 픽업해 집으로 돌아가던 도진은 한 시간째 도로에 붙잡힌 이 상황이 회사에서 자기가 처한 상황과 비슷하다고 생각했다.

도진은 온라인 회의에서 팀을 대표해 이번 주 상황을 발표하고 있었다. 눈은 도로에 두고 귀는 이어폰 너머에 집중하면서, 그는 흥분하지 않으려 애쓰는 중이었다.

"제가 보내 드린 이메일 자료에서 이번 주 소비 패턴과 채용상황 분석을 보시면……"

그러나 상대는 도진의 말이 채 끝나기도 전에 자신이 하고 싶은 말들을 쏟아냈다.

"왜 이번 주 물량이 지난주보다 떨어졌습니까? 그게 다 HR에서 일 처리를 잘못해서 그런 거 아닙니까? 제때 적절한 인력을 공급해 줬어야 하는 거 아닙니까?"

도진은 비난이 섞인 카말의 질문 공세를 받으며 한숨을 쉬었다. 인도 사람인 카말은 새로 온 콘트롤타워 팀장으로, 공격적이고, 직설적이어서 회사 직원들 대부분이 그 사람과 엮이고 싶어 하지 않았다.

도진은 눈을 감고 엄지손가락과 가운뎃손가락으로 눈을 눌렀다.

'아, 좀 쉬었으면 좋겠다.'

이번 주는 특히 바빴다. 바로 아래 직원이 엊그제 회사를 그만둔 상황이어서 더 바빠진 참이었다. 자신을 도와줄 마땅한 사람이 있으면 좋겠는데, 그의 팀에는 그럴 만한 사람이 없었다.

라디오에서 지직거리는 소리가 들렸다.

"좀 조용히 해 줄래? 휴대폰으로 들으면 되잖아."

도진은 휴대폰의 뮤트를 누르고 딸을 향해 말했다.

"아빠, 이 노랜 스테레오 빵빵한 스피커로 들어야 제맛이라고. '몬스터'란 말이에요."

딸은 라디오 채널을 찾으려 계속 버튼을 누르며 말했다. 몬스터라니. 아마도 딸아이가 좋아하는 아이돌 그룹인 모양이었다.

이어폰에서는 카말이 인도 억양이 섞인 영어로 마구 쏘아 대고 있었다. 도진은 자기도 모르게 언성이 높아졌다.

"아빠 통화하는 거 안 보여?"

갑작스러운 도진의 큰 목소리에 딸은 놀란 것 같았다. 딸은 채널을 찾던 손을 멈췄다.

"맨날 일이 먼저지!"

딸은 이어폰을 끼며 도진에게 등을 돌리고 창문 쪽으로 돌아앉았다. 도진은 딸에게 큰소리를 낸 게 미안했지만, 지금은 달래 줄 상황이 아니었다. 카말은 계속해서 도진을 질책하며 책임을 추궁하고 있었다. 빨리 지금의 이 상황이 자기네 팀 잘못이 아니라는 걸 입증해야 했다. 또다시 한숨이 나왔다.

그 순간, 도진에게 쏟아지던 카말의 목소리가 갑자기 뚝 끊겼다. 도진은 휴대폰을 들여다보았다. 휴대폰에 아무런 신호도 뜨지 않았다. 도진은 라디오를 켜 보았다. 라디오도 먹통이었다.

"무슨 일이지?"

도진은 짜증 섞인 표정으로 창밖을 바라보았다. 차 밖으로 나와 휴대폰을 높이 쳐들며 주파수를 잡으려고 애쓰는 사람이 보였다. 고개를 내밀고 옆의 자동차 주인과 어떻게 된 건지 이야기를 주고받는 사람도 있었다.

창밖을 살피던 딸이 말했다.

"통신 끊긴 거 같은데?"

"어우!"

도진은 핸들을 내리쳤다.

"아빠, 화내면 아빠만 손해예요. 휴대폰 안 되는 건 아빠도 어쩔 수 없는 거잖아. 그럴 땐 아빠가 할 수 있는 걸 하면 되죠."

도진은 딸을 바라보았다. 낯선 느낌이 들었다.

'언제 이렇게 컸지?'

그러고 보니 딸은 벌써 중학교 2학년이었다. 어쩌면 도진에게 딸은 초등학교 5학년에 머물러 있었는지도 몰랐다.

"아, 뭘 또 그런 눈으로 쳐다봐. 내 말 아니고, 우리 선생님이 그랬어요. 자기가 어쩔 수 없는 일에 화를 내면 자기만 손해라고. 그럴 땐 자기가 할 수 있는 일을 찾으면 된다고요."

"그래, 그 말이 맞네."

도진은 아까 화냈던 일도 있고, 딸에게 어른스럽지 못한 모습을 보인 것 같아 겸연쩍었다. 그의 목소리가 조금 누그러졌다.

"그나저나 듣고 싶은 노래 못 들어서 어쩌지……?"

"다운 받아 놔서 괜찮아."

딸은 어깨를 으쓱해 보이고는 다시 이어폰을 꽂고 자기만의 세상으로 빠져들었다. 딸아이는 안 되는 일에 대한 포기가 빨랐다.

생각해 보면, 아내 지수가 가고, 딸과 제대로 이야기를 나눈 적이 없었다. 아내가 있을 때는 꽤 친했던 부녀지간이었는데, 지금은 딸이 어떤 생각을 하는지 알 수 없었다. 도진은 아내를 잃은 후 일에 빠져 지냈고, 그 사이에 딸은 엄마의 죽음을 자신만의 방식으로 받아들이며 이만큼이나 자라 있었다. 도진은 울컥 눈물이 날 것 같아 손으로 마른세수를 했다.

그의 얼굴 앞으로 딸아이가 이어폰 한 짝을 쓱 내밀었다.

"들어 보시라고요."

"응?"

"아빠도 좋아할지 모르잖아요. Fallin' in Friday예요."

"어, 그래."

어차피 할 수 있는 것도 없었다. 도진은 마지못해 딸이 내민 이어폰을 받아 귀에 꽂았다.

강한 비트와 랩이 섞여 있어서 시끄럽고 생소하게 느껴졌다. 그런데 듣다 보니 어딘가 모르게 멜로디가 익숙했다. 노래를 듣던 도진의 가슴이 어느 순간 철렁 내려앉더니 온몸의 힘이 풀렸다. 도진과 지수가 처음 만났던 날, 교정에서 흐르던 그 노래였다. 학교 축제 때였다. 도진의 가슴이 그때의 감정으로 일렁거렸다.

그 노래를 요즘 인기그룹인 '몬스터'가 리메이크하고, 딸아이가 듣는다는 게 놀라웠다.

흩날리는 벚꽃에 취한 건지, 노래에 홀린 건지 모르지만, 도진과 지수는 첫눈에 반해 연애를 시작했다. 도진은 지수와 만나면서도 학교 공부를 게을리하지 않았다. 그 시절의 도진은 지수만 옆에 있다면 무엇이든 다 할 수 있을 것 같았다. 친구들은 여자친구와 장학금을 다 잡은 도진을 부러워했다.

지수를 만나 연애하고, 취직하고, 결혼하고, 딸이 태어나고, 그 아이가 자라는 동안 도진은 신이 자기편인 것 같았다. 4년 전, 지수가 암으로 세상을 떠나기 전까지는.

Friday 연애하기 좋은 날

Friday 사랑하기 좋은 날

나랑 사랑 한잔 어때요? (Love shot)

Be my Baby (Be my girl)

Fallin' in love

Fallin' in Friday

오늘은 금요일, 사랑하기 좋은 날

"이 노래……, 기억나요?"

딸이 불쑥 물었다.

"응?"

"아빠도 기억하나 해서……."

도진은 순간 멍해졌다.

'알고 있구나……!'

"엄마 일기장에서 봤어요. 엄마랑 아빠를 연결해 준 노래라는 거."

도진은 딸이 왜 굳이 라디오로 음악을 들으려고 했는지 알 것 같았다.

음악을 듣는 사이, 딸과의 사이에 쌓여 있던 벽이 무너지고 다시 가까워지는 느낌이 들었다. 밖에는 여전히 차들이 밀려 있고, 통신 장애로 회의는 중단됐지만, 그에게는 이 순간이 신이 준 선물처럼 느껴졌다.

도진은 이어폰에서 흘러나오는 멜로디를 허밍으로 따라 불렀다. 딸이 놀란 눈으로 도진을 바라보았다. 도진은 그런 자신의 딸, 다솜이를 향해 싱긋 웃어 주었다. 다솜이가 아빠의 웃음에 미소를 짓더니 도진의 허밍에 합류했다. 금요일 저녁 도로 한복판에서, 둘은 같이 노래를 부르기 시작했다.

서빈

방송작가를 하다 지금은 연극과 뮤지컬의 대본을 쓰고 연출합니다. 만든 다큐멘터리가 국내와 해외영화제들에서 상영되었습니다. 계속해서 다양한 방향으로 글의 지평을 넓혀 가는 중입니다.

제5회 신인상 심사평

심사위원 이진훈, 배명희

제5회 미니픽션 신인상 응모작은 총 102편이었다. 이 가운데 예심을 거쳐 6편이 본심에 올랐다. 김동영의 「무능한 탓」, 김성호의 「트램펄린 할머니」, 박윤경의 「모조」, 윤나비의 「랜덤박스」, 윤남희의 「운수 나쁜 날」, 황다비의 「이십 년째 글만 쓰던 그 여자는 어떻게 되었나」가 본심 심사 대상이었다.

심사를 하면서 눈여겨본 기준은 다음과 같다.

1. 미니픽션의 독자성을 지니고 있는가? 짧게 썼다고 해서 모두 미니픽션이 되는 것은 아니다. 장편영화가 아닌 한 장의 사진만으로도 인생을, 시대를 반영할 수 있는 압축미와 함축성을 지녀야 한다.
2. 단순한 이야기의 나열[story]이 아니라 구성[plot]의 기교가 돋보여야 한다.

3. 미니픽션이 허구성을 바탕으로 하지만 비현실성이 아닌 개연성(蓋然性)을 지녀야 한다.
4. 신인상이니만큼 독창적인 발상이나 소재가 드러났으면 좋겠다.

이런 몇 가지 기준을 염두에 두고 심사한 결과 두 명의 심사위원은 김동영의 「무능한 탓」과 김성호의 「트램펄린 할머니」를 수상작으로 정하는 데 의견이 일치했다.

김동영의 「무능한 탓」은 카프카의 「변신」을 연상케 하여 수상작으로 정하는 데 조금은 망설이기도 하였으나 가족으로부터 소외되고 사회에 적응치 못하는 무능력한 남자가 가족에게 살해당할지도 모른다는 망상에 젖어 불안한 나날을 보내는 삶을 밀도 있게 잘 그려 냈기에 선정했다. 피해의식이 한 인간의 영혼을 어떻게 망가뜨리는지를 잘 보여 주고 있다.

김성호의 「트램펄린 할머니」는 가족을 버린 이력을 지닌 주인공의 직업이 '무엇이든 치워 주는' 사람이다. 트램펄린 위에서 미친 듯이 뛰면서 잃어버린(혹은 죽은) 아들을 기다리는 할머니, 그 할머니를 치워 달라는 손자의 요청. 그 순간 자신이 치워 버린 어머니와 어린 딸을 회상하면서(혹은 반성하면서) 고객의 요청을 거절한다. 그러나 주인공은 어쩔 수 없이 다시 현실 속으로 빨려 들어간다. 소재가 독특해서 점수를 얻었다.

본심에서 탈락한 나머지 작품들은 앞에서 언급한 기준에 많이 부족했다. 배경과 상황이 명확하지 않고(「랜덤박스」), 진부한 소재와 압축미가 부족하고(「운수 나쁜 날」), 미니픽션이 지녀야 하는 부제의 참신성이 결여되고(「이십 년째 글만 쓰던 그 여자는 어떻게 되었나」), 살인의 동기나 두 인물 간의 동거 생활에 개연성도 설득력도 잃고(「모조」) 있어서 수상작으로 정하지 못했다. 더욱 정진해서 다음 기회에 도전해 보기 바란다.

김동영, 김성호 두 작가의 수상을 축하하고, 앞으로 미니픽션 작가로 대성하기를 축원한다.

무능한 탓

김동영

나의 왼손은 예전부터 하등 쓸모가 없었다. 왼손은 마치 자의식이 있는 것처럼 가끔씩 내 마음과는 무관하게 움직였다. 또한 손끝까지 뻗어 있는 신경이란 신경은 모두 무뎌진 건지 촉감은 흐릿하게만 느껴져 손이 제멋대로 날뛰고 있는 것을 알아차리는 게 늦어 고생이었다. 이런 손 따윈, 확 떼어 버리는 게 나을 텐데. 틈만 나면 떠오르는 상념에도 이 말썽쟁이를 달고 산지 어언 수십 년째다.

이 손이 처음부터 마음대로 움직이던 것은 아니었다. 이 기이한 현상을 처음 마주한 건, 분명 내가 삼십 대 초반일 적일 것이다. 나는 자유로운 생활을 이어 가는 사람이었다. 일어나고 싶을 때 일어나, 엄마가 차려준 밥을 먹고. 하고 싶은 일이 있으면 하는, 사람 구실을 하지 못하는 사람의 삶.

그날도 평소처럼 아내는 월에 100만 원을 주는 카페에 일을 하러 나간 상태였고, 막 잠에서 깬 나는 광활히 타오르고 있는 태양빛을 피해 태어난 지 100일이 채 안 된 아이가 새근새근 잠에 든 얼굴을 멍하니 바라보고 있었다. 배에서 꼬르륵거리는 소리에 나는 쩍 하품을 하며 거실로 향했다. 수건 한 무더기를 옆에 둔 채 소파에서 유난히 크기가 작은 TV를 보고 있던 엄마는 나를 힐끔 쳐다보더니 다시 모른 척 수건을 개고 있었다.

"엄마, 밥 있어?" 내 첫 마디를 들은 엄마는 제대로 듣기는 한 건지 대답도 없이 주방으로 터벅터벅 걸어갔다. 그 모습에 나는 무슨 의무감이라도 든 것마냥 그 뒤를 쫓았고 묵묵히 밥을 퍼내기 시작한 엄마를 확인하고는 나도 안심하고 물을 한 잔 꺼내 마신 뒤 화장실로 직행했다. 잠깐의 볼일을 마친 뒤엔 곧바로 식탁에 착석해 말끔히 차려진 밥을 한 숟갈 퍼먹었다. 곧장 보이는 엄마는 등을 굽힌 채로 여전히 TV에 시선이 고정되어 있었다. 연예인들이 시끄럽게 떠들어 대는 소리가 들려왔다. '저런 걸 무슨 재미로 보는 거지.' 나는 속으로 생각했다. 그러고는 몇 가지 반찬을 입에 쑤셔 넣고는 오늘은 무얼 할지 고민했다. 무엇 하나 쉽사리 떠오르지 않았다. 나에게 허락된 자유의 시간이 지나치게 길었던 탓일까 더 이상 어떤 일에도 일말의 흥미를 품기 어려워졌다. 한때는 밖으로 나가 사람들과 어울리거나 취미생활을 배우러 다니기도 했지만 그런 것들에 질리기까진 그리 오랜 시간이 걸리지 않았다. 그렇지만 결코 일거리를 구하지는 않았다. 무난히 고등학교를 졸업해 지방의 한 대학을 나와 사회초년생이 되었을 시절에는 물론 일자리에 대한 열정이 있었다. 하지만 적성에 맞는 일을 찾는 데 할애된 시간 동안 내가 발견한 것이라고는 일을 하지 않아도 평탄히 흘러가는 내 인생뿐이었다. 일자리를 얻어야 한다는 강박과 빈둥거리며 시간을 보내고 싶다는 무책임함 사이의 간극 속에서 하루하루를 무의미하게 보냈고, 적당한 여자를 만나 덜컥 아이를 가진 뒤 어쩔 수 없이 결혼을 하였다.

삑삑, 도어락 버튼 소리가 몇 번 울리더니 아빠가 현관문을 열고 들어왔다. 아직 시간은 정오를 살짝 넘겨 평소의 퇴근 시간이 안 되었을 터인데, 나는 궁금한 마음에 우물우물 씹던 반찬을 꿀꺽 삼키고 물었다.

"아빠, 오늘은 일찍 들어오셨네. 무슨 일 있어?" 아빠는 나를 살짝 흘기더니 착잡함인가 씁쓸함인가 무어라 형용할 수 없는 표정을 지은 채 그대로 거실로 직행하였다. 이러한 취급은 이미 익숙해진 터라 조금도 신경 쓰지 않고 묵묵히 엄마 옆자리에 조용히 착석하는 아빠를 바라보기만 했다. 나는 이해한다. 이런 쓰레기 같은 아들을 둔 부모의 심정을. 죄송한 마음만 들 뿐. 오직 그뿐이었다. 그 때문이었을까, 대놓고 나에게서 무언가를 숨기는 두 사람 사이의 움직임을 애써 모른 척 고개를 숙인 이유가. 나는 밥 한 공기를 순식간에 먹어 치우고는 곧장 방으로 들어갔다.

　나를 똑 닮은 아이는 여전히 깨어날 기미 없이 잠들어 있었고 나는 조용히 컴퓨터의 전원을 켰다. 적당한 아르바이트 자리가 있나 찾아보기 위함이었다. 하지만 늘 그렇듯 실제로 연락은 하지 않는다. 그날따라 더욱 긴밀하게 느껴졌던 죄책감 내지는 가족에 대한 동정심으로, 적당히 아르바이트 사이트를 둘러보는 척을 하고는 게임이나 할 생각이었다. 그 순간 엄마가 방문을 열고 들어오지 않았더라면. 나는 재빨리 창을 다시 열어 알바를 찾는 모습을 연출했다. 평소라면 나에겐 관심도 없고 아이에게 곧장 향했을 엄마가 방문 앞에서 나를 뚫어지게 보고 있었다. 오랜만의 용건에 반가우면서도 지레 겁먹은 나는 멋쩍은 웃음으로 무슨 일이냐 물었고 엄마는 손에 들고 있던 음료 한 잔을 건네며 나지막이 이것 좀 마시라고 했다. 좀처럼 보기 어려운 엄마의 친절에 위험한 의심과 내 속에 뿌리를 튼 망상이 하나로 결합되었다. 심히 흔들리는 동공은 누구의 것이었는지 기억이 안 나며 은은히 떠도는 묘한 기류만이 그날 확실히 존재했다. 마우스를 잡고 있던 오른손 대신 덜덜 떨리는 왼손으로 컵을 받아들었고 그날 왼손은 처음으로 멋대로 움직였다. 쨍그랑 깨지는 유리 소리와 노랗게 번지던 바닥이 아직도 머릿속을 떠돌고 있다.

도대체 그건 뭐였을까. 그냥 평범한 음료였을까, 또한 내 손은 어째서 이 모양이 된 건지. 그날 이후 우리 가족의 분위기는 바뀌었다. 혹은 그들을 바라보는 내 시선이 바뀌었던가. 평소에 달갑게 받던 부모님과 아내의 차가운 시선에서는 약간의 살기까지 느껴졌으며, 행동 하나하나가 수상하게 보이기 시작했다. 어쩌면 내 헛된 상상일지도 모르겠다. 하다 하다 별똥별 같이 눈부시게 빛나는 아이의 눈빛에서도 비슷한 감각을 보게 되었으니. 나는 병에 걸린 걸지도 모른다.

어느 날, 아내가 밤늦게 일을 마치고 집에 들어왔다. 쪼들리는 생활비에 단기 알바 자리를 하나 더 구한 아내는 부쩍 더 늙은 것처럼 보였다. 지나가던 사람이 보면 부부가 아니라 누나와 동생인 것처럼, 많이 피로해 보였다. 나는 그런 아내를 반갑게 맞이했지만, 마찬가지로 모른 척 무심하게 쓰러지는 것마냥 침대 위로 떨어진다.

"씻지도 않고 자?" 걱정이나 위로, 혹은 질책 없이 완전한 무의식으로 튀어나온 말 한 마디는 아내에게 어떠한 트리거가 된 듯했다. 그 말을 듣자 벌떡 일어나 뚜벅뚜벅 코앞까지 걸어오더니 분노로 휩싸인 눈으로 매섭게 노려봤다. 겁을 먹은 나는 미안, 왜 그래, 따위의 말을 반복하면서 진정시켰다. 다행히도 정신을 차린 아내는 가방을 뒤적거리더니 약통 하나를 꺼내고는 '요즘 잠 못 자지? 이거 먹어'라며 싸늘한 얼굴로 덤덤히 건넸다. 약통을 이리저리 살펴보았지만 의학 관련 지식이 없는 나로서는 도통 알 수 있는 것이 없어 수면제이겠거니, 하고 뚜껑을 열었다. 그러고는 걱정해 줘서 고맙다고, 옷 갈아입고 있으라고 하고 주방으로 가 물을 한 잔 따랐는데 아내는 눈을 부릅뜬 채로 뒤따라 와 있었다. 그 수상쩍은 행동거지는 새하얀 약통을 의심하도록 만들기 충분했으며, 심장은 요동치기 시작했다. 오직 주방에만 켜진 전등은 나를 뜨겁게 녹이고 있었다. 그런 상황 속 몇십 분 같았던 몇 초간의 대치는 엄마의 기척을 눈치챈 아이의 울음소리로 일단락되었고, 내 왼손은 아내의 시선이 아이를 향한 틈에 약두 알을 꺼내고는 입에 넣는 척을 하여 물과 함께 삼켰다. 아내는 다급히 고개를 되돌렸지만 무언가를 삼키는 내 모습밖에 보이지 않았을 것이고 불길한 약 두 알은 주머니에 고스란히 들어갔다. 약을 먹을 생각이었지만 그러지 못했다. 아내를 믿지 못했다. 아내를 배신했다. 왼손이 씩 미소를 짓는 느낌이 들었다. 정신이 어떻게 된 것 같았다. 그날은 연기로라도 잠에 들 수가 없었다.

하루는 아빠가 산에 오를 것을 권유했다. 오랜만에 부자끼리, 인적이 드문 산으로, 부자 간의 친목을 도모하기 위해. 마른침이 내 식도를 미끄럽게 타고 내려가는 감각이 세세히 느껴졌다. 아빠의 눈은 한 치의 불순함이 없었지만, 그래서 더욱 이상했다. 나를 없는 사람 취급하던 사람이 갑자기 멀쩡하게, 그리고 다정하게 어떤 속내도 없이 말을 걸어 온다. 그렇지만 거절은 할 수 없었다. 마땅한 명분도 없거니와, 뒤통수에 느껴지는 두 사람의 미심쩍은 시선이 구역질이 날 정도로 두려웠기 때문이다.

그리고 다음 날, 두 눈에 들어온 것은 오른쪽 발목의 고통을 호송하는 아빠와 내 왼손에 남아 있는 찝찝한 감촉이었다. 밤새 무슨 일이 있었는지는 모른다. 짙은 어둠이 내린 새벽, 나는 눈을 뜬 기억이 없었고 '내가 몽유병을 가지고 있다.'라는 문장은 세상 그 어떤 말보다 어색한 사실이었다. 그럼에도 불구하고 나는 내 왼손을 의심했다. 다들 겉으로는 티를 내지 않았지만, 분명 은연중에는 나를 탓하고 비난했을 거다. 억울하다. 내가 한 게 아니다. 내 왼손이 그런 것이다.

도저히 참을 수 없다. 모두가 이상하다. 그게 아니면 내가 미쳐 버린 것이든가. 죽어야 끝나는 지옥에 갇혀 버린 기분이었다. 모순적인 말이다. 자꾸만 가족들이 수상쩍게 비춰진다.

모두가 잠든 새벽, 오직 나만이 눈을 감지 못하고 있다. 이제 그만 잠들고 싶다. 더는 무리다. 하지만 두려웠다. 내가 암흑 속에 빠져 버린 순간 누구 한 명이 당장이라도 일어나 나에게 해를 가할 것 같았다. 도저히 눈이 안 감긴다. 하는 수 없이 곤히 잠든 아이 쪽으로 몸을 돌렸다. 그제야 마음이 조금 편해진다. 나를 똑 닮은 눈하며, 코, 입은 마치 나 자신을 보고 있는 듯했다. 긴장이 서서히 풀리면서 자연스레 눈이 감겼다. 그래, 너라면 갑자기 일어나 날카로운 식칼을 꺼내든다 해도 받아들일 수 있어. 그런 망상을 끊임없이 머릿속으로 되새기며 눈을 살며시 감았다. 온몸의 힘이 빠져나가는 듯한 안정감이었다. 무엇인가 부스럭대는 소리가 들렸다. 이번에는 저항할 수 없도록, 쓸모없는 왼손을 꼭 붙잡은 채로. 아니, 어쩌면 반대일지도 모른다.

예전부터 나라는 인간은 하등 쓸모가 없었다.

▌수상소감

    단지 소설을 좋아하는 학생에 불과한 제가 이렇게 수상까지 하게 될 줄은 꿈에도 몰랐습니다. 제 소설이 저만의 영역에서 벗어나 세상의 빛을 보게 될 기회를 주셔서 너무 감사드립니다. 아직은 미숙하고 허점이 눈에 띄는 글이지만 이 경험을 단단한 발판 삼아 한 걸음, 한 걸음 나아가며 발전하는 모습을 보여 드릴 수 있도록 노력하겠습니다.

김동영

현재 인천 해원고등학교 3학년 재학

트램펄린 할머니

김성호

아이에게서 할머니를 치워 달라는 연락이 왔다. 내가 점심으로 트럭에서 김밥 한 줄을 막 해치웠을 때였다. 나는 장난 전화인가 싶어 끊으려 했으나 계속되는 아이의 말에 귀를 기울일 수밖에 없었다. 그 애의 요지는 간단했다. 동네에서 '트램펄린 할머니'라고 불리는 제 할머니를 치워 달라는 것. 그제야 나는 내 트럭 뒤에 적힌 말을 떠올렸다.

'똥부터 사람까지 치워 드립니다.'

나는 무엇이든 치우는 사람이었다. 각종 쓰레기를 비롯해 치워야 할 것은 무엇이든. 그게 내 일이었다. 아이에게 좀 더 상세히 말해 달라고 했다. 할머니를 치워 달라니 그게 무슨 말이냐. 내 반문에 아이는 사람도 치워 준다면서요, 그렇게만 말했다. 그건 과장된 광고성 멘트일 뿐이라고 답하려다 관두었다. 아이는 작정한 듯했다. 나는 거기가 어디냐고 물었다. C 아파트 근린공원이라고 했다. 낯설지 않은 곳이었다. 과거 나와 노모가 살던 곳이었다. 아이가 거기에 무인 트램펄린장이 있다고 말했다. 할머니가 트램펄린을 뛰는 중이라고도. 나는 트램펄린 위에서 방방, 펄쩍펄쩍 뛰는 노인을 머릿속으로 그려 보았다. 뭔가 이상하면서도 우스워 픽 웃음이 샜다. 사람을 치우는 건 처음이라고 아이에게 설명했다. 아이는 조금 김이 빠진 목소리로 괜찮으니 어서 와 달라고 재촉했다. 나는 C 아파트로 트럭을 몰았다.

  C 아파트 가까이 다가갈수록 가족이 떠올랐다. 사실 사람을 치우는 건 이번이 처음이 아니었다. 나는 이전에 엄마와 내 딸을 치운 적이 있었다. 버린 게 아니었다. 치운 거였다. 둘의 차이는 명확했다. 고물상 사업마저 망하고 파산한 나는 홀로 사는 누나의 집으로 치매 걸린 엄마와 어린 딸을 '치웠다'. 사람들은 혀를 찼다.

  그게 그거지.

  나는 아니라고 항변하고 싶었다. 버리는 건 다시 거둘 가능성이 아예 없는 것이고, 치우는 건 잠시 거리를 두고 유보하는 것이라고. 하지만 누군가, 그럼 다시 엄마와 딸을 거둘 것이냐, 라고 물었다면 나는 답하지 못했을 거다. 그게 그러니까…… 사람들 말대로, 그게 그거였다. 그러는 사이 C 아파트가 눈에 들어왔다. 가슴 한구석이 아렸다. 동네 사람들이 폐자전거처럼 어기적어기적 굴러다니고 있었다. 공원 주차장에 트럭을 세웠다. 트럭에서 가지고 내릴 건 없었다. 나는 아이가 말한 트램펄린장의 위치를 어림짐작해 걸음을 옮겼다.

천막을 얹은 트램펄린장은 공원 구석, 얽히고설켜 푸르게 우거진 나무들 아래 자리했다. 근처 벤치에 아이 부모로 보이는 젊은 사람들이 있었다. 공원 한가운데 있는 놀이터에서 노는 아이들도 여럿이었다. 그 아이들 사이에서 전화를 건 남자아이를 찾았다. 그 순간 누군가 팔을 툭 쳤다. 뒤를 돌아보니 내 가슴께까지 오는 키의 한 남자아이가 서 있었다. 그 애는 자신이 의뢰인이라고 밝혔다. 나는 그 애에게 할머니가 어디 있냐고 물었다.

저 안이요.

아이가 천막 안을 가리켜 보였다. 천천히 그 손가락이 가리킨 곳으로 다가섰다.

안은 시끌벅적했다. 여러 개의 커다란 트램펄린 위에서 스무 명 남짓한 아이들이 위아래로 뛰어올랐다. 트램펄린 할머니는 아이들 틈에 섞여 있었다. 체구가 어린 남자아이만 해쉽사리 눈에 띄지 않았다. 처음에 호기심으로 쳐다보던 나는 점차 할머니의 몸짓에 시선을 빼앗기듯 빠져들었다. 그녀는 노인이라 하기엔 믿기지 않을 정도로 힘차게 위아래로, 조금은 좌우로 몸을 비틀어 가며 뛰었다. 땀이 밴 얼굴엔 흐릿한 미소조차 어려 있었다. 아래로 떨어질 때도 위로 튀어 오르는 것만큼이나 집중하는 태도였다. 마치 그게 제 할 일이라는 듯, 더없이 중요한 의무라는 듯 구는 태도에 당황스럽기까지 했다. 꼭 뭍으로 나온 물고기가 숨을 쉬고 살기 위해 버르적거리는 것 같았다. 그녀는 이따금 앞뒤로 팔을 뻗어 박수를 쳤고, 알 수 없는 기합 소리마저 내질렀다. 남이 보건 말건 아랑곳하지 않는 듯했다. 그러거나 말거나 아이들은 익숙하다는 듯 그녀 주위에서도 와자하게 웃고 소릴 지르며 바람 빠진 농구공처럼 굴렀다. 아이가 그 모습을 한심한 듯 바라보며 말을 이었다.

사람들은 할머니가 치매래요. 미쳤대요. 정신이 나갔대요.

진짜냐?

나는 물었고, 아이는 고개를 내저었다.

몰라요. 할머니한테 왜 그러냐고 물어보면,

그 애는 숨을 한 움큼 들이켰다 내쉬었다.

아빠를 찾는 중이래요. 아빠는 키가 엄청 작아서 사람들 사이에 있으면 잘 안 보이거든요. 그래서 높은 데서 찾아봐야 한다고…….

아이는 우그러진 얼굴로 잠시 트램펄린 위에 앉아 쉬는 제 할머니를 바라보았다.

나는 다시 뛰기 시작한 할머니를 바라다보았다. 그녀가 높이 튀어 오를수록 내 키는 한없이 작아져만 갔다. 그녀는 더 커졌고, 나는 공원 사람들 속에 뒤섞여 더는 찾을 수 없을 정도로, 먼지만큼이나 왜소해졌다. 아이의 손이 내 손끝을 만지작거렸다.

아빠는 죽었는데. 사람들이 그래요. 아빠가 죽었다고. 나는요, 처음엔 사람들 말을 안 믿었어요. 그냥 우릴 버리고 도망갔다고 생각했는데……. 근데요, 할머니가 귀신 들린 것처럼 저러니까, 진짜 죽은 것 같아요. 다른 할머닌 안 저러잖아요. 아빤 죽었나 봐요. 미쳐서 저러는 거래요.

나는 아무 말 하지 않았다.

하늘이 어스름해졌다. 부모들이 하나둘씩 제 아이를 찾아 집에 데려갔다. 그러는 와중에도 트램펄린 할머니는 홀로 남아 뛰는 것을 멈추지 않았다. 아이가 내처 말했다.

이제 할머니가 저러는 거 싫어요.

그러면서 할머니를 치워 달라고 말했다. 나는 사람을 치우는 덴 돈이 많이 든다고 말했다.

너 돈 많냐?

없어요.

그 애가 주머니를 뒤적이며 백 원짜리 동전 하나를 꺼내
보였다.

그러면 그냥 살아라. 버리는 것도 공짜가 아니야. 돈이 많
이 들어. 특히 사람은.

나는 돌아섰다. 아이에게서, 트램펄린 할머니에게서 점차
멀어졌다. 뒤에서 아이가 무어라고 소리쳤다. 하지만 발음이
뭉개져 무슨 말인지 정확히 알아듣기 어려웠다. 그건 울음이
되어 바람에 실려 내 주위에 떠다녔다.

나는 트럭에 다시 올라탔다. 한동안 운전대에 얼굴을 묻고
머리를 식혔다. 트램펄린이 흔들리듯 머릿속이 어지러이 흔
들렸다. 고개를 들었다. 눈앞이 희부예져 와이퍼를 작동시켰
다. 하지만 여전히 시야가 흐물거리며 흐릿했다. 나는 시동
을 걸었다. 트램펄린 할머니를 뒤로하고 C 아파트를 떠났다.
다시 치우러 가야 했다. 무엇이 되었든.

  소설가라는 진로 때문에 부모님과 많은 갈등을 겪었던 기억도 납니다. 부모님이 글을 쓰지 못하게 벽장 속에 소설 노트를 감춰 버리기도 하고 그랬으니까요. 그런데 지금의 저는 그 벽장 속의 소설 노트에 계속 글을 쓰고 있습니다. 무슨 힘으로 여기까지 왔는지 아직도 잘 모르겠습니다. 그러나 이것 하나만은 확실합니다. 소설을 쓰고 읽는 동안 저는 행복했다는 것을요. 미국의 소설가 스티븐 킹이 한 말이 기억납니다. 글쓰기의 목적은 살아남고 이겨 내는 것이다. 행복해지는 것이다. 행복해지는 것. 벽장 안의 저를 한 걸음 밖으로 나올 수 있도록 길을 열어 주신 심사위원 선생님들과 제 글을 읽어 주시는 모든 분들께 감사하다는 말씀을 드립니다. 저는 행복해지려고 합니다. 모두 행복해지시길.

김성호

문학플랫폼 던전에 소설 발표,『노란 숲의 단편 소설』공저
현재 숭실대학교 문예창작과 재학

무크지『미니픽션』은
여러분의 도움으로 제작됩니다.

미니픽션 작품이
민들레 씨앗처럼 널리 날아갈 수 있도록
후원을 부탁드립니다.

정기구독 / 후원 계좌

구독료 : 1년 2만원, 2년 4만원, 3년 5만원

신한은행 110-210-310430 조데레사

※정기구독시 성함과 연락처, 주소를 메일로 보내주시면
책을 발송해드립니다.

한국미니픽션작가회 가입 및 문의 메일

minifiction@daum.net

한국미니픽션작가회 카페

https://cafe.daum.net/mini-fiction

※ 일반회원 작품방에 작품을 게재하시면
심사를 거쳐 다음 무크지에 싣습니다.

카페 접속 QR코드

그림과 액자

오늘 하루!
멋진 그림 액자
추억이 떠오르는 사진 액자와
함께 시작합니다.

1992년 개업, 30여 년 노하우로
10년, 20년 담아 놓는 당신만의 액자를
정성스럽게 만들어드립니다.

매장: 우신초등학교 정문 앞
주차: 서울시 영등포구 신길로 45길 3-1

문의 010 2733 8532

한순간의 점처럼 짧은 삶 속에서 꿈인 듯 사는
우리의 모습을 고민해 보았습니다.

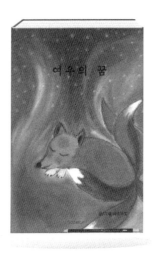

『여우의 꿈』

래오파도 지음 | 64쪽 |
값 8,000원

꿈속의 나도, 꿈 밖의 나도 진정한 내가 아님을
깨닫는 순간 마음속에 응어리진 분노와 상처는

우리의 삶을 빛나게 할 밑거름이 되지 않을까요?

꿈을 깨면 현실이 아니라 꿈에서 깨어나도 진정한 자신을 찾지 못하면 꿈속에
사는 것과 같은 삶의 단편을 그림과 짧은 글로 표현해 보았습니다.
원한을 뼈에 새기고 사는 그는 내가 아닙니다. 진짜 나는 저 멀리 싸립문 밖에
서 꿈이 깨는 때를 기다리고 있을 뿐

- 레오파도

『엄마의 정원』

배명희 지음 | 146*210mm | 224쪽 |
2023. 2. 10. | 값 17,000원

배명희의 소설들은 현실에서 자본을 창출하거나 그것을 분배받거나 할 위치에서 밀려난 인물을 다루고 있다. 그 인물이 처한 출구 없는 삶은 오늘날 우리 사회가 처한 현실을 되새김질할 수 있는 구체적 실증이 된다. 그 인물은 그런데, '재건축'으로 상징되는 헛된 미래를 향하는 길을 애써 차단하고, 출구 없는 삶 안에 남아 끝까지 몸부림침으로써 얻어낸 틈을 비집어 새로운 출구를 향한 미미한 빛줄기를 찾아낸다. 바닥으로 처진 삶은 이렇게라도 생기를 얻어야 하는 것, 배명희의 2020년대식 리얼리즘 소설의 진정한 가치도 이런 데 있다.

— 박덕규(소설가, 문학평론가)

아직도 살아 있는 목숨이 부끄러워 멀리서 훔쳐보던 세상 문을 열고 한마디 하지 않을 수 없게 되었다. 배명희 작가의 「광장」을 보았을 때 나는 어쩔 수 없이 소리를 지르고 말았다. 이건 우리 문단사에 빛날 작품이야! 훗날 이 작품이 소위 문단에서 어떤 대접을 받았는가를 나는 구태여 따져 묻지 않겠다. 다만 여전히 문단을 지키는 이들이 있다면, 운동권이나 좌우 고하를 떠나 그들에게 간곡하게 부탁하고 싶다. 지금이라도 늦지 않았으니 그의 「광장」을 한 번이라도 읽어달라고!

— 송기원(소설가)

도서출판 **푸른사상**　　　**TEL** 031 955 9111~2　**FAX** 031 955 9114　**E-MAIL** prun21@hanmail.net

이 시대의 잔혹한 속도를 누가 감당할 것인가
건달의 새로운 철학과 전형을 보여준
구자명 연작 장편 《건달바 지대평》

구자명 지음
312쪽 | 46판 양장
값 16,000원

구자명의 소설은 건달의 속성들이 치밀하게 구상되어야 하며, 또한 그렇게 하게 되었다 하더라도 그걸 실제로 실천하기란 여간 어려운 일이 아님을 절감케 한다. 그러나 자각은 새 하늘을 보는 사건과 같은 것이다. 새 하늘을 본 사람은 결코 그것을 잊지 못하고, 그걸 몰래 가려 버린 구름을 뚫고 기어이 다시 보려고 한다. 구자명의 소설을 읽는 순간 대부분의 독자는 그 마법에 걸려들고야 말리라.
_ 정과리 (문학평론가, 연세대학교 국문학과 교수)

《건달바 지대평》을 완독한 후에 '나는 고작 밥벌레, 일벌레의 삶을 살았군. 그래도 돈벌레까진 안 된 걸 위로로 삼아?' 자조해야 했다. 화자는 건달로 사는 거야말로 치열하게 어려운 노릇이라며, 그 치열하게 어려운 건달의 삶을 선택해서 살아낸다. 내내 믿지 않게 독자를 설득해 끌고 나가면서 말이다. 그런데 설득당해 끌려가는 시간, 즉 읽는 시간이 그리 재미있고 아프고 아리고 훈훈할 수가 없다.
_ 노순자 (소설가, 한국소설가협회 최고위원)

건달은 '애늙은이'며 '늙은이애'다. 시간에 갇히지 않은 에너지이고 공간에 갇히지 않은 여백이다. 향기와 예술만 먹고 살 것 같지만, 시간을 따라 흐르며 틈을 메우고 공간을 세심히 살펴 돌봄을 하느라 본의 아니게 바쁜 자다. 이 시대의 잔혹한 속도를 누가 감당할 것인가. 건달인 대평씨가 거룩한 읽기로, 든든한 어깨로 우리를 지탱해 준다.
_ 권여선 (소설가)

나무와숲 서울특별시 송파구 올림픽로 336, 910호 (방이동 대우유토피아빌딩) T. 02-3474-1114 F. 02-3474-1113

푸른 기억의 퍼즐

2024 미니픽션 Vol. 6

ⓒ 한국미니픽션작가회, 2024

초판 1쇄 발행 2024년 4월 30일

지은이	한국미니픽션작가회
발행인	배명희
편집장	정혜영
편집위원	김채옥, 노길용, 서빈, 이성우
주소	서울 마포구 월드컵북로 56 201호
이메일	minifiction@daum.net
카페	http://cafe.daum.net/mini-fiction
홈페이지	www.minifiction.co.kr

펴낸이	이기봉
편집	좋은땅 편집팀
펴낸곳	도서출판 좋은땅
주소	서울특별시 마포구 양화로12길 26 지월드빌딩 (서교동 395-7)
전화	02)374-8616~7
팩스	02)374-8614
이메일	gworldbook@naver.com
홈페이지	www.g-world.co.kr

ISBN 979-11-388-3023-2 (03810)